神奥の山

大江戸定年組

風野真知雄

角川文庫
23590

目次

主な登場人物

◆初秋亭

藤村慎三郎（ふじむらしんざぶろう）	北町奉行所の元同心
夏木権之助忠継（なつきごんのすけただつぐ）	三千五百石の旗本の隠居
七福仁左衛門（しちふくじんざえもん）	老舗の小間物屋〈七福堂〉の隠居
加代（かよ）	藤村の妻
志乃（しの）	夏木の妻
おさと	仁左衛門の妻
安治（やすじ）	飲み屋〈海の牙〉の主人
藤村康四郎（ふじむらこうしろう）	藤村慎三郎の嫡男。見習い同心
鮫蔵（さめぞう）	深川の岡っ引き
入江かな女（いりえかなじょ）	初秋亭の三人が師事する俳句の師匠
寿庵（じゅあん）	腕の良い蘭方医
夏木洋蔵（なつきようぞう）	夏木権之助の三男。京都で骨董について学ぶ

第一話　神奥の山

一

三人の男たちが、畳や床や階段で雑巾がけをしている。

嫌々やっているふうには見えない。大の男たちが釣りや将棋でも楽しむように、意外に嬉々として掃除をしているのだ。

ここは深川熊井町。大川の川端にある〈初秋亭〉と名づけた一軒家である。

三人の男たちは――。

元八丁堀同心の藤村慎三郎、三千五百石の旗本の隠居である夏木権之助、老舗の小間物屋の隠居七福仁左衛門。

　三人は幼なじみで、大川の川遊びに夢中になった間柄である。それが四十年の歳月を経て、隠居をする時を迎えた。これからは景色のいいところに隠れ家を持ち、そこで自分たちができる範囲で、世の中の役に立つことをしよう。そんなことで第二の人生を始めたのだが、いまや依頼はひっきりなし。席をあたためる暇もないという日がつづいていた。

　三人はこうして掃除もすれば、かんたんな飯もつくる。洗濯はそれぞれの家でやってもらうが、ほとんど自活していると言ってもいいくらいなのだ。

「ほら、こんなに汚れているだろ」

と、七福仁左衛門はおろしたての雑巾を見せた。

「ほんとだな」

　藤村慎三郎も自分の雑巾を眺め、

「一昨日(おととい)も拭(ふ)いたばかりだぞ」

　夏木権之助は首をかしげた。

　夏木は去年の秋に中風(ちゅうぶ)の発作で倒れてから、まだ左足の動きが思うようにいかないところがあり、四つん這(ば)いになるのは難しい。そのため、あぐらをかいたまま床を拭いている。

「風があるからかな」

と、仁左衛門は大川の川面を見た。こまかい波が光りながら揺れている。

「秋風だな、夏木さん」

藤村が言うと、

「ほんとだのう」

夏木はしみじみとした調子でうなずいた。

もう一度くらい暑さがぶり返すこともあるのだろうが、いま吹いているのは、まぎれもなくさらさらとした秋の風だった。

夏バテもせず、元気でやってこられた。三人ともいちおう摂生を心がけつつ、やりがいのある日々を送ってきたおかげとも言える。その日々の努力をほめてくれているような、心地よい風だった。

この家は海風、陸風、川風など一日じゅういろんな方向から風が吹いていて、夏はそれで涼しく、冬は冬で意外に暖かかったりする。

ただし、あらゆるものごとがそうであるように、風だっていいことだけではない。こんなふうにほこりがひどいのだ。ちょっと掃除を怠ろうものなら、畳や床にうっすらと白いほこりを積み上げる。

「どこから来るんだろう？」

と、夏木は川のほうと通りのほうに二つある窓を見た。

「そっちで家を建てたり、溝を掘ったりしてるもの」

仁左衛門が通りのほうを指差した。

「向こうの河岸も埋め立ての途中で、ずいぶん土ぼこりが舞っているしな」

「いや。そっちからの風はわかるんだが、海から来る風にもほこりがまじっているぜ」

と、藤村が言った。

「そうなのか」

「藤村さん。海にほこりは立たないだろ」

「だが、おいらは確かめたもの」

「ふうん。海からほこりがねえ」

仁左衛門が首をかしげると、

「まあ、不思議なことは人の世界だけで起きるわけではないだろうからな」

夏木がとりなすように言った。

「そりゃあ、そうかもしれないね」

と、仁左衛門が納得したところで、藤村は、

「さて、おいらは鮫蔵のところに顔を出してくる」

雑巾を二階の窓枠に干して、刀を一本差し、出かけることにした。

このところ、藤村は毎日、鮫蔵のところに顔を出している。岡っ引きの鮫蔵は、追いかけていたげむげむ教のやつらにやられたにちがいないのだが、腹を刺されて瀕死の重傷を負った。以来、体力も記憶も失われ、まだまだ回復の道は遠そうだった。

「そうか」

「そういえば、夏木さん。最近、寿庵先生は来てるかい？」

「いや、それがな。四、五日前に小僧の使いが来て、次の治療は休みにさせてくれと言うのさ。そのかわり、別の医者を紹介して行った。谷中に移ってしまって、億劫になったのかね」

「ふうむ……」

寿庵は蘭方の医師で、夏木が中風の発作で倒れて以来、ずっと治療に当たってきた。懇切丁寧な治療のようすを見ても、患者のためになることで億劫になるなんてことはなさそうである。

「夏木さま、別の医者にするのかい？」

と、仁左衛門が訊いた。

「気は進まんが、寿庵ができぬというのを無理に引っ張って来るわけにはいかんだろう。それに、試しに来てもらったら、さすがに寿庵が紹介してくれるだけある。若いが、腕も人柄もしっかりしているようだった」

夏木も寿庵を頼りにしているが、仕方ないとも思っている。

「じゃあ」

と、藤村が出て行ってまもなくである。

玄関口に訪れた者がいた。

「こちらにお旗本の夏木権之助さまは？」

丸顔の、こざっぱりしたなりの男が中をうかがった。

「ん？」

夏木は見覚えがある。

「そなたはたしか洋蔵のところに出入りしていた骨董屋の……」

「はい。蓑屋でございます」

洋蔵というのは夏木家の三男坊で、骨董にくわしく、そちらで身を立てようとしている。いまはそのための勉強で、上方に行っているのだ。

「そうだ、蓑屋だ。だが、蓑屋は銀町ではなかったか」

銀町は川向こうの霊岸島にある。

「ええ。深川冬木町あたりのお旗本のお屋敷に用事がありまして、そこまで来たとき、たしか夏木さまがここらに別宅をお持ちだったはずと」

「おい、ここは別宅ではないぞ。仲間三人でちゃんと金を出して借りているのだ」

「そうでしたか」

「それで、用でもあったか？」

「はい。洋蔵さまはまだおもどりではないですよね？」

「うむ。まだだな。それにあいつは、いつ帰って来るかわからんぞ」

「いやあ、やっぱりそうですか。洋蔵さまならおそらく見当をつけてくれるかと思ったのですが」

と、蓑屋はがっかりした。

「なんのことだな」

「じつは、旗本の木村慎吾さまが亡くなりまして……」

「ああ、そうらしいな」

人づてに聞いた。風邪をこじらせ、心ノ臓が弱ったのが死因だったらしい。それほど付き合いはなかったので、とくに弔問にも行っていない。

木村家は五百石の家で、夏木とくらべたら石高は低いが、けっして低い家格ではない。二百石すら下まわる名ばかりの旗本だっていくらもいる。

夏木よりも二年ほど早く隠居し、長男に家督を譲った。

敷地の隣りに百坪ほどの土地を持っていて、そこには町人に貸す長屋のほかに、小さな隠居家もあり、木村はそこで暮らしていたはずである。

木村慎吾と親しい男が夏木とも親しかったので、何度か酒席をともにしたこともあった。

「ご長男が隠居家の整理を始めまして、全部、適正な価格で買い取ってくれと頼まれまして。まあ、それほどの逸品はないものの、そこそこ欲しがられるものもたくさんあったのですが、中に一つだけ、よくわからないものが出てきたのです。それが何なのか、洋蔵さまに観ていただけたらと思いまして」

「そなたにわからぬものが洋蔵にわかるわけあるまい」

「いいえ、洋蔵さまはじつに優れた勘の持ち主でして。われわれも驚くような柔軟な見方をなさるのです」

「ほう」

「われわれが見逃した掘り出し物もいくつも見つけています」

倅の能力をほめられれば嬉しいが、いないのだからどうしようもない。

「それは、いま、あるのか？」

と、夏木は訊いた。

「はい。それだけは用途を確かめるため、お預かりしてまいりました」

「試しに見せてみよ。わしだって洋蔵の骨董好きはわきから眺めてきたのだぞ。まったくの素人ではない」

「それはもう」

「しかも、この仁左は小間物屋の老舗、七福堂のあるじだ。まんざら縁がないわけではない」

夏木がそう言うと、仁左衛門は照れて、

「いやあ、小間物と骨董はまるで別物ですが、それとは別にあっしも興味がある。よかったら見せていただきたいですな」

と、言った。

「もちろん、かまいませんとも」

蓑屋は外に止めておいたこぶりの荷車から、風呂敷包みを持って来た。一人で持てないほどではないが、けっこう大きいものである。部屋に入れ、風呂敷をほどいた。

「なんだ、これは?」

と、夏木は目を見開いた。

陶器である。白地に青い絵の具で図柄が描かれている。牡丹や朝顔、菊などの花々である。

変なのは図柄よりもかたちである。

高さは一尺ほどの山のかたちをしている。ただ、その山には、中腹あたりに大きな穴が開いている。また、山には二方向に裾野のような部分があり、一方の高さは五寸ほど、もう一方はそれより低く、真ん中が椀のようにくぼんでいた。

二人はしばらく声も出さず、この陶器の山に見入った。

やがて、夏木が、

「やっぱり、山をかたどったのではないのか。どこぞの国のずうっと奥地のほうにこういう山があるのではないか?」

「こんな穴の開いた山がねえ」

と、仁左衛門は首をかしげた。

「ほら、このあたりは湖なのだ。それで、飾るときにはここに水を溜めたりする」

「でも、夏木さま。山ならそれらしく木を描いたりするんじゃないのかね。こんなふうに大きく花模様を描くかね」

「そうだよな。では、なんだろう？」

「もしかしたら、変わったかたちのおまる？」

「そなた、これにできるか。どうやってする？」

「そうだよねえ。このかたちじゃ無理だ。ううむ。さあて、ねえ」

ひとしきり二人に考えさせてから、

「わかりませんでしょう」

と、蓑屋が言った。

「ああ。見たことがない」

「あっしもないねえ」

「焼きや絵つけなどもかなりいいものです。木村さまの知行地に焼き物の里があり、そこで特別に頼んで焼いてもらったみたいです」

「そこで訊いてみればよいではないか」

「訊いたそうです。ご隠居さまの図面が来ただけで、用途については記されてなかったそうです」

「なるほどな」

と、夏木はうなずき、

「これはすぐにわからぬと駄目か？」

「いいえ。誰も欲しがる人はなく、果たして売り物にできるかどうかもわかりません。お預けしますので、存分に考えてくださってもかまいません。あちらさまも、こんな薄気味悪いのはもう、持って来なくていいからとおっしゃってました」

「そうか。では、わしらに調べさせてくれ。なあに、手間賃などはいらぬ。これに興味がわいたのだ」

「よろしいのですか。お忙しいとうかがってますが」

「忙しいことは忙しいが……」

藤村はどうしても鮫蔵のほうに時間を取られる。このため、ふつうの依頼は、もっぱら夏木と仁左衛門が受け持つことが多くなっていて、忙しさはひとしおである。

ただ、依頼のほとんどは猫探しと留守番なので、もっと変わったできごとに首を突っ込みたいのも正直なところなのである。

「なあに、面白いことなら、たとえ忙しくてもやらしてもらう」

と、夏木は嬉しそうに言った。

「親分。やめたほうがいいんじゃねえですか」

と、鮫蔵の下っ引きの長助が心配そうに言った。

この数日、鮫蔵は外に行きたがるのだ。ちょっと目を離すと、ふらつく足取りで外へ出て行こうとしている。

いまも、短い杖をつき、表の通りに出た。遠くから、祭りの音が聞こえていて、鮫蔵はその音に耳を澄ましているふうでもあった。

「長助。大丈夫だ。おいらが見てるから」

と、藤村は言った。鮫蔵が外へ行きたがるのは、回復の兆しなのだと思う。外への興味を取りもどしつつあるのだ。

「でも、旦那。誰が狙っているかわかりませんぜ」

「おいらも最初はそう思った。だが、鮫蔵が生きてここに帰ったことは、たぶんもう知られてるんだ。ただ、やつらはうかつに手を出せねえのさ」

「そうでしょうか」

「ああ。狙って来るとしても、昼間には動かねえよ。だいたいが、あの連中の殺しに目をつけていたのは、鮫蔵だけなんだぜ。それほど巧妙で慎重なやつらなのだ。深川の、こんな始終人の目があるようなところじゃ、やるわけがないって」

「旦那がそこまでおっしゃるなら」

と、長助もうなずいて、鮫蔵を送り出した。

長助はいま、藤村の倅で見習い同心をしている康四郎(こうしろう)とともに動いている。康四郎はおそらくこの年末には正式の同心になるだろう。そのときは、長助に十手(じって)を与えるつもりらしい。

前の通りに出て、角を曲がるとすぐ、油堀(あぶらぼり)の河岸がある。その河岸沿いの道を、下流のほうに歩いた。

さわやかな天気である。

青空に薄い雲が筋になって走っている。雨の気配はまったくない。

鮫蔵が歩くあとから、藤村もゆっくり付いて行く。

よろよろした歩みである。ときおり立ち止まって、堀に目をやったまま考え込む。つらそうな表情になるときもある。

鮫蔵の頭がどれくらい回りだしているのかはわからない。もともとこの男は、考えていることをすべて口にするような男ではなかった。それがいまはさらに口が重くなっている。以前の三割？　いや、二割くらいしか回っていないのではないか。夏木が歩く稽古をしていたころを思い出した。だが、夏木は身体だけが不自由だったが、いまの鮫蔵はこころも不自由なのだ。

途中、堀が二手に分かれた。向こう岸に行くには、迂回して緑橋を渡らなければならない。聞こえていた祭りの音は、むしろ遠くなった気がする。

猫の鳴き声がした。小さな茶色の虎猫が道端に置かれた空き樽の上にいた。首に鈴がついているから野良猫ではない。

鮫蔵はそちらを見た。険しかった目がやさしくなっていた。

二

昼飯は近所のそば屋に出前を頼み、それを食いながら陶器の山を睨んでいた仁左衛門が、

「あ」

と、声をあげた。

「どうした？」

「もしかしたら、これは活け花の器じゃないかね」

「活け花？」

「うん。近ごろはわざと妙なかたちの器に活けたりする流派があるらしいよ」

言われて夏木もじっと見つめた。

だが、いくら見つめても活け花のことを知らないのだから、わかるわけがない。

誰か活け花をやる者に訊いたほうが早いだろう。

「おさとは活け花をやるのか？」

おさとは仁左衛門の歳若い後妻である。

「いや、おさとはやりませんよ。それより、志乃さまはおやりになるでしょう」

と、夏木の奥方の名を出した。

「まあ一通りはやったかもしれぬが、そうくわしいとは思えぬな」

「じゃあ、藤村さんとこの加代さんか」

「お加代さんも活け花はやらんと思ったな」

「おっと、忘れてた」

仁左衛門はぱんと手を叩いた。

「誰かいたか？」

「あっしらの発句の師匠だよ」

「ああ。かな女師匠か。そうだな。発句の勉強のためにやっていてもおかしくはないよな」

「さっそく持って行ってみましょう」

と、仁左衛門は陶器の山を風呂敷に包んだ。手に持てないことはないが、おかしなふうに出っ張っているので、膝にぶつけたりしたら痛そうである。風呂敷包みを首に通して背負うようにした。

師匠の入江かな女の家は、深川黒江町にある。ここからはそう遠くない。

連絡もせずに訪ね、句会などでいなかったらそれまでのことである。家の前でしばらく待ってもいい。

日々忙しいとはいっても、そこはこの時代の仕事だから、時間のゆとりはずいぶんとある。

だが、幸いかな女は家にいた。

秋ものの着物の虫干しをしようとしていたところだった。

「あら、夏木さまに七福さま」

こちらを見た顔は、あまり元気そうではない。

じっさい、仁左衛門は知り合いなどから、かな女は近ごろ元気がないという噂を聞いていた。前の男はひどいやつだったが、ああいう男と付き合っていたときのほうが、気持ちに張りがあったのではないか。そんなふうに言う弟子もいた。

「じつは、師匠に見てもらいたくて」

「なんでしょう？」

「これなんですが、もしかしたら活け花の器かなと思っているのですが」

と、仁左衛門は風呂敷の包みを解いた。

かな女はじっと見つめた。この不思議な山のたたずまいから、発句の傑作をひねり出そうとするかに見えた。

ようやく顔を上げた。

「自信を持って申し上げます」

「はい」

「これが活け花の器であったら、わたくしがあなたがたの発句の弟子になります」

堀を見ているうち、鮫蔵の身体の中に嫌な感じが蘇(よみがえ)ってきた。激しい雨が全身を叩いていた。

傘をさしていなかった。だが、破れそうに鳴る傘の音がするのは、前に立っている二人の男が傘をさしていたからだった。

身体がふらついていた。しかも、動きが鈍かった。酒に酔ってもこんなふうにはならない。薬を飲まされたにちがいなかった。

「しつこい鮫だぜ」

と、一人が言った。鮫蔵に負けないくらい大きな男で、こいつのことはずっと追いかけていたはずだった。

すると、もう一人の男が言った。

「この人は深川じゅうの人に嫌われている。死んでも喜ぶ者だけで、悲しむ者などいませんよ」

静かなやさしげな口調だった。

それどころか、聞いたことがある声なのが不思議だった。

「当たり」

と、鮫蔵はふざけた調子で言った。そのとおりだった。自分が殺されても悲しむ者などいそうもなかった。それどころか、深川八幡（ふかがわはちまん）では急遽（きゅうきょ）、祭りが催され、町角で祝いの酒樽が割られるかもしれなかった。

「じゃあ、念仏を唱えな」

と、大きな男が言った。

「げむげむってか。反吐が出るぜ」

「てめえ。バチ当たりめが」

刃が腹に突き刺さった。腹に力を入れたはずなのに、すぅっと刺さったのは納得がいかなかった。肥ってはいたが、鍛えてもいたのに。

腹全体が熱くなっていった。その腹をどんと蹴られた。大川の水に転げ落ちた。

身体がぐるぐると回りだしていた。

「そろそろもどろうか」

と、声がかかった。わきで元同心の藤村慎三郎が心配そうに見ていた。

三

夕方になっても――。

夏木と仁左衛門は陶器の山を前にまだ考え込んでいた。

「なあ、仁左。これは、何かの役に立つものなのかな」

「それとも、単なる飾りかだね」

「飾りだったら、それまでだわな。なんの役にも立たない妙なものですんでしまう」

「夏木さま。これはやっぱり、木村さまというお人は、どういう人だったのかというところから探っていかないと駄目なんじゃないかね」

「なるほどな」

と、夏木はしばらく考え、

「仕事も性格もとくに目立つ男ではなかったな。ただ、意外なところはあった」

「なんですか？」

「女にはもてたのだ」

夏木は、やや憮然（ぶぜん）とした顔で言った。

「夏木さんより？」

と、仁左衛門が訊いた。

「わしよりもてた」

夏木も、自分で言うのはなんだが、女にはもてた。自分の人生を振り返っても、女にもてたというのは大きな喜び、おおげさに言えばもてたおかげで生まれてきた甲斐があったと言えるくらいである。

そのほかはどれも冴えなかった。仕事も一生懸命やったわりにはほとんど報われなかったし、子育てにも苦労が多かった。隠居してからはのんびりやろうと思ったら、中風で倒れたりもした。幸い、友人には恵まれたが、気のおけない友は二人だけである。やはり、女にもてたというのが、いちばんの自慢かもしれない。

「だが、わしも木村にはかなわなかった」

女のいる店は二軒ほどいっしょに行った。そのどちらでも、女が木村を見る目がちがっていた。男に嫉妬心を覚えたのは、木村が初めてである。

「いい男なのかい？」

「いや、まったく」

と、首を振った。身体は小柄どころか、貧弱と言ったほうがふさわしい。顔立ちはやさしげではあったが、男にしてはこづくりで見栄えがしなかった。

「そういうのは女好きなのさ。女も所詮は女好きの男が好きなんだよ」

「それが、そうも見えなかったのだ」

夏木は首をかしげた。

たしかに、なぜ木村が女ごころを摑むことができるのか、いま考えてもわからない。

「その木村さまがもてたことと、この陶器の山と関わりがあるかね」

「そうだ。行ってみるか」

「どこに？」

「女に訊いてみるのだ」

と、夏木は立ち上がった。

外はそろそろ夕暮れが訪れつつある。

木村といっしょに飲んだ店は覚えていた。

女が何人かいて、適当に酌をしてくれたり、話の相手になってくれる。色気を売り物にする店ではなかったが、それだけに木村に対する女たちの熱烈な反応は驚きだった。まるで素人娘が人気役者に声をかけられたような、羞恥や喜びをあらわにしたのである。

最初に向かったのは、小網町の〈風鈴〉という店だった。

「ここなのだが……」

飲み屋ではない。髪結いの店になっている。

「つぶれたみたいだな」

仕方なく次に向かった。こちらは〈たぬき家〉といって霊岸島の長崎町にあり、まだつぶれずにあった。

「女はまだいるかな」

と、のれんを分けた。

座敷に通された。広間をついたてで区切っただけで、そう立派な店ではない。だが、手入れの行き届いた中庭に面していて、肩の凝らない風流な感じがする。

この店には、たしか二度ほど来た。いずれも四、五人で来て、木村もいっしょだった。

こちらに頼んだ酒を持って来る女を見て、

「あ、仁左、あのときの女だ」

と、夏木は小声で言った。すこし痩せぎすだが、愛嬌もあってきれいな女である。

歳は二十七、八といったところだろう。

酒を注いでもらいながら、

「二年ほど前だがな、旗本の木村慎吾という者が飲みに来たのだ」

と、夏木は言った。

「木村慎吾さま……?」

「そう。高野(たかの)という旗本に連れられて来たのさ」

「目尻(めじり)が下がって、やさしそうな笑顔を見せる方？」

「ああ、そうそう」

「あの方、あのあとはお見えにならないんですよ。もっと来ていただきたかったのに。あなた、ご存じなの？」

「わしもあのとき、いっしょに来たのだがな」

「そうでしたっけ？」

「ほらな。わしのことは忘れてるだろ」

と、がっかりしてしまう。

「お待ちしてるって伝えてくださいな。ほかの方にも」

「伝えたいのはやまやまだが、木村は死んだのだ」

「まあ、亡くなったのですか」

しばらくうつむいていたと思ったら、急に席を立った。どうやら、隅のほうに行って泣いているらしい。

夏木は唖然(あぜん)とし、

「なあ、仁左。たった二度ほど店に来た男が死んだからといって、泣くかね」

「泣きませんよね。木村さまと何かあったのかと訊いても、ほんとのことは言わないでしょうね」

と、仁左衛門は小声で言った。

「だろうな」

夏木もうなずいた。

女がまたもどって来たので、

「木村のことを、なんで覚えてたんだ？」

「どうしてでしょう？　なんか、いい男だったたって気がしますよ」

「いい男ねえ」

「見た目じゃないですよ。なんて言うのかしら、女ごころをとろっとさせる感じ。ああいう男ってなかなかいないのよねえ」

「悔しいのう」

夏木は真面目な顔で言った。

「でも、大丈夫。あなたたちのことも絶対に忘れないから。嘘だと思ったら、ひと月以内に来てみて。ちゃんと覚えてるから」

こちらは明らかに商売上のお愛想である。

あとは何を訊いても適当にはぐらかされる。

結局、この夜は、何もわからないまま、かなり酔っ払って、二人とも駕籠を頼んで初秋亭にもどることになった。


初秋亭では、藤村がむっつりした顔で、夜の大川を眺めていた。

屋形船もこのところめっきり少なくなったが、それでも提灯をずらりとぶら下げた船が、酔った男たちの声をまき散らしながら通り過ぎて行くところだった。

「おう。今日は三人とも泊まりか」

二人の顔を見て、藤村が言った。

「そうだな」

夏木もしばらくは初秋亭に泊まるのをやめるよう言われていたが、近ごろは奥方の許可ももらえるようになった。

「ちょうどいいや。じつは、話があったんだ」

藤村はなんとなく気まずそうである。

「なんだ。金と女の話ならまかせてもらうぞ」

と、夏木が冗談めかして言った。

「そっちの話だったらどんなにかいいんだがさ。じつは、鮫蔵をあんなにしたやつのことなんだが、おいらはなんだか寿庵が怪しいように思えてならねえんだよ」

「なんだと……」

「そんな馬鹿な……」

夏木も仁左衛門も信じない。

「もちろんおいらだって信じたくねえ。だが、寿庵が慌ただしく深川をあとにした晩のようすが、どう考えても解せねえのさ」

だが、夏木も仁左衛門も藤村の勘は信じざるをえない。

「そういえば、ちょうど揉み治療の途中だったが、鮫蔵がじつは生きていると洩らしてしまったのだ。まさか寿庵が関わっているなんて思ってもみなかったのでな」

「そうか」

「そのとき、寿庵は激しく動揺したみたいだったのさ」

「ほう」

「あ、そういえば、あっしもいつだったか浅草で寿庵さんとばったり出くわしたことがあったっけ。あのとき、いつもの寿庵さんとはちがって、変に落ち着きがなかったんだよ。あそこから、鮫蔵が見つかったあたりはそう遠くないしね」

と、仁左衛門が不安げに言った。

「寿庵がげむげむの信者ってことか？」

「そうかもしれねえ」

「まさか、教祖ってことはないだろうな？」

「それもわからねえよ。だが、前の教祖は若い娘だったらしい。入江かな女もそう言っていたし、鮫蔵からも聞いた覚えがある」

「うむ。たしか、寿庵には娘がいて、若くして亡くなっているのだ」

と、夏木がふいに思い出したらしく言った。

「そうなのか」

「ああ。揉み治療のとき、ちらりとそう言った。それはつらそうなようすだったぜ」

「その娘が教祖だったのかね」

と、仁左衛門が首をひねった。

「生きているときから教祖だったかはわからねえ。だが、亡くなった人をあとで祀りあげ、神格化したってえのはありそうだ。生きているやつなら面倒なことも引き起こすが、死んだ人間はきれいなままでいられるからな」

「寿庵がなあ」

「まいったな」

二人はすっかり酔いも覚めてしまった。

四

二日ほどして——。

夏木権之助は朝飯をすませたあと、陽の当たる家の廊下に寝そべって、猫をかまっていた。毛虫のような実がついた雑草を猫の目の前でゆらゆらさせ、それを捕まえようとするしぐさを眺めて楽しんでいる。

妻の志乃はもう出かけてしまった。

今日は七福堂の二階に集まることになっているという。

女たちは自分たちが始めた商いに夢中である。

商いは素晴らしくうまくいっているのだ。根っからの商売人の仁左衛門もあきれるくらいである。

おさとこそ赤ん坊の世話でかかわる余裕はないが、七福家の嫁のおちさ、藤村の女房の加代、そして志乃の三人が、充分にそれぞれの持ち味を発揮しているらしい。

おちさの小間物を見る目や愛想のよさ、加代が書く宣伝文のうまさと香道の弟子たちのつながりも、品物の評判を助けている。加えて、志乃のいかにも大身の旗本の奥方といったふぜいが、たちまち取引き先の信頼を勝ち得てしまうという。

「下手すると、いちばんいいときの七福堂の売上を超えるかもしれねえ」

と、仁左衛門が言った。

「そうなりゃおいらたちも左団扇だな」

藤村あたりは冗談を言ったが、夏木としては困りものである。

倒れてから夫婦のあいだがせっかくうまくいくようになった。互いに頼り頼られという雰囲気になってきた。だが、志乃のほうが忙しくなりすぎて、この十日ほどはゆっくり話す暇もない。

――すこし冷たいのではないか。

と夏木は思う。

それだけ自分に魅力がなくなったのかもしれない。

いまさら外で新しい女の尻を追いかけたりする気はないが、男として見られなくなるのは寂しい。

不安になって鏡を見た。朝、髷を結い直したし、髭もあたった。つねづね身ぎれ

いにしているつもりである。それでもわれながら、

――老けたな……。

と思う。倒れたあと、一度痩せ、このところまたすこし肉がついた。その肉が引き締まっていない。たらりとしている。男の魅力はどこに行った？　おとなの魅力も薄れつつあるのか？

老醜。

いま、いちばん嫌いな言葉が浮かんだ。まだ早いだろうと、ぞっとした。

なんとかしなければ……。肌や髪のつややかさを取りもどすのは無理としても、こころにきりっとしたものがあれば、老はともかく醜のほうは防げるのではないか。

ふと、木村のことを思い出した。木村が女にもてる理由に、老醜を免れる秘訣もひそんでいるのではないか。

――なぜ、木村が。

夏木はもう一度、あの飲み屋を訪ねてみることにした。

仁左衛門も誘いたいが、今日は留守番の頼まれごとで一日じゅう一色町のほうに詰めている。夏木一人で行くしかない。

家で退屈をもてあましたあと、夕刻、早々と霊岸島に向かった。

「あら、夏木さま。ほらね、ちゃんと覚えてますでしょ」

と、あのときの女が寄って来て、調子のいい笑みを浮かべながら言った。

「馬鹿。二日前の客を忘れているようじゃ、飲み屋の資格もないぞ」

すこし杖（つえ）にすがるようにして腰を下ろした。杖がなくても平気なのだが、ひっくり返ったりするとみっともない。念のために使うようにしていた。

「足がお悪いのですか？」

「ああ。一度、倒れてな。左手と左足がうまく働かなくなった」

いまはむしろ手よりも足のほうが目立つ。

「そういえば、足をほめられました」

と、女が思い出したように言った。

「え？」

「木村さまから」

「ああ、そうか」

「いい足だって。あたしも顔はよくほめられますが、足をほめられたのは初めてでね」

「足をな」

「きれいな足は少ないそうです。きれいな顔よりもずっと少ないそうです」

「それをわしにも拝ませてくれぬか？」

「嫌ですよ」

と言いつつ、チラリと裾をめくった。だが、すぐに隠したので鑑賞する暇もない。

「足なんかほめられて嬉しいかね？」

と、夏木は訊いた。

「そりゃあ女はほめられるならどこをほめられても嬉しいものですよ」

「そうだよな」

と、夏木はうなずいた。それは夏木もよくよくわかっている。だが、木村のほうがほめかたがうまかったのだろう。

では、あの妙なものは足と関係があるのだろうか。

「あたしのほかでは、小網町にある〈風鈴〉という飲み屋の女がきれいな足をしてるんだっておっしゃって」

「なんだ、あの店か」

「あたし、なんだか競争心がわいて見に行ったこともあるんですよ」

「どうだった？」

「きれいでしたよ。ほんとに。あたしもあんなふうにきれいな足なのかと思ったら、嬉しくなってしまいましたよ」

「だが、その〈風鈴〉はつぶれただろ」

「ええ。でも、〈風鈴〉はつぶれたけど、あの女は——おりきさんておっしゃるんですが、そのままあそこにいますよ」

　と、女は言った。

「どういうことだ？」

「髪結いになっているんですよ。あれは、おりきさんが前の飲み屋を買い取り、念願だった髪結いの店を出したんです」

「そうなのか」

「もともと髪結いの修業をしてたけど、店を出すお金を貯めるため、飲み屋で働いていたんですって」

「なるほどな」

「でも、いくら傾いたとはいえ、店一軒を買うのは大変ですよ。もしかしたら、木村さまの助けがあったのかもしれませんね」

　女は悔しそうに言った。

寿庵の引っ越し先は、意外にかんたんにわかった。

寿庵の手伝いをしていた小僧が、伊沢町の長屋の子で、その家で訊くと、上野の寛永寺に近い谷中善光寺前町の裏店にいるとのことだった。

小僧の親は寿庵を尊敬しきっていた。小僧の将来を託したつもりでいるらしかった。

藤村は谷中へとやって来た。善光寺前町の裏手に入り、長屋が並ぶあたりで、家の前に座っていた婆さんに訊いた。

「蘭方の寿庵先生の家はここらだと聞いたんだがね」

暇そうな顔でぽりぽり脛を掻きながら、

「あ、そこだよ」

と、婆さんは長屋のいちばん隅の家を指差した。ここも貧しげな長屋である。伊沢町の長屋もぼろぼろだったが、ここもどっこいどっこいだろう。寿庵の実入りはけっして悪くないはずだと、夏木は言っていた。じっさい、夏木もかなりの謝礼を渡しているはずである。

もっときれいな長屋、いや、一軒の家に住んだっておかしくはない。それなのに、寿庵はこうして陋巷にいる。

「でも、いまはいないよ」

「そうか……いい先生だと聞いたんだがな」

「腕もいいし、人もいい」

「ほう」

「生き神さまみたいな人だもの」

婆さんはうっとりした顔で言った。

「そうなのか？」

「自分のことなんかこれっぱかりも考えない。患者のために身を粉にして働きつづけているんだ。寿庵先生が一日のんびりごろごろしてるところなんか見たことがねえ。もういい歳だもの、疲れもするだろうに」

そうだった。たしかに寿庵は患者のため、身を粉にして働きつづけていた。病める者、貧しい人のために働きつづける。世の中に、これほどの美徳があるだろうか。その崇高な道を歩む者ですら、悪の罠に落ちるのか——。

路地からすこし離れたところで、藤村は寿庵を待ってみた。

半刻ほどして、寿庵がやって来た。

藤村は遠くからじっと見ていた。疲れた足取りである。ちょっとうつむきがちになっている。驕（おご）りも高ぶりもなく、謙虚な姿勢である。

寿庵も藤村に気づいた。

それはわずかな表情の変化でわかった。そういうことばかり見る仕事をしてきた。

寿庵とくらべて、なんと狭小でせちがらい道だったか。

寿庵は目を伏せただけで、こっちに来ようともしなかった。

五

翌日である——。

夏木が小網町の元〈風鈴〉の髪結い店の前に立つと、おりきはちょうど出かけるところだった。

本日休業の札を下げた。

格別、美人というほどではなかった。むしろ、たぬき家の女のほうが、顔立ちはずっと上だった。だが、立ち姿はすっきりして、けなげに生きているという感じがした。

夏木はあとをつけた。左足をひきずる夏木でも、充分追いかけられる速さだった。

真後ろに近づいて足を見た。

素足に下駄をはいている。たしかにきれいな足だった。白く小さな足で、かろやかに歩いていくようすは、波打ちぎわで白い貝殻が砂の上を転がるさまを連想させた。

永代橋を渡り、大川から仙台堀沿いに、深川冬木町に入った。立ち止まったのはやはり木村の隠居家の前だった。

木村の世話になっているのではというたぬき家の女の推測は当たっていたのだ。

木村が来るはずの日に来なかったりしたのか、心配になって見に来たのだろう。

家に人けがないので、けげんそうな顔をしている。

後ろから夏木が声をかけた。

「木村慎吾は亡くなりましたよ」

「え……」

おりきの身体がふらりと揺れた。

夏木はおりきを連れて初秋亭に来た。木村のもので見てもらいたいものがあるのだと言うと、素直について来た。

ちょうど仁左衛門も来たばかりで、いっしょにおりきの前に座った。

おりきは、陶器の山を見たとたん、

「あ」

と、顔を赤くした。

「おわかりなのですね」

「はい」

「何に使うものなのかな?」

切り餅が焼けてふくらむまでくらいの沈黙があり、

「木村さまに不思議な好みがおありだったのはご存じでしょうか?」

と、おりきはようやく口を開いた。顔つきを見ると、すべて話す覚悟になったらしい。生々しかったり、嫌らしくなったりするのはかなわないが、そちらの方向に行く気配はなかった。

「おなごの足に魅了されているらしいとは聞いたがな」

と、夏木が答えた。

「足?」

仁左衛門がすっとんきょうな声をあげた。

「ご存じでしたか」

「うむ」

ほかの女から聞いたとは言わない。

「だが、よくわからぬのだ。足だけなのか？」

「はい。足だけです。膝（ひざ）から下が好き。つま先まで。そこから上はまた別なのだそうです」

「手では駄目なのか？」

「駄目でした」

「手のほうがきれいではないか。指先なんぞはほっそりして」

と、夏木は嬉（うれ）しそうに言った。

「足なのです。それもじっと見つめるだけでいいとおっしゃって……」

「まさか。これに？」

夏木は陶器の山に開いた穴のところを指差した。

「はい。寝るときも足を眺めつづけられるよう、これに足を入れて寝るようにさせたのです」

「では、ここには？」

「これは枕の役目を果たします」

そこに木村が頭を乗せれば、女の足はすぐ目の前にくる。

「こちらのくぼみはなんのためだ？」

「そこには蠟燭を立てるのです。足が、もっとも美しく見えるように光の角度まで考えてつくらせたのだそうです」

「ほう。そういう使い方をするものだったのか……」

夏木はそこまで言って絶句した。これは予想もつかなかった。

仁左衛門も啞然とした顔になっている。

——あの、木村がな……。

と、夏木は思った。もの静かな、おだやかな笑みが思い出された。同じような笑みで、夜の闇に浮かぶ白い女の足を見つめていたのだろうか。奇妙ではあるが、嫌らしい感じはしない。むしろ、崇高なものを仰ぎ見るような眼差しが思い浮かんだ。

おりきにやってみてもらいたいが、さすがにそれは頼めない。

「気味が悪いと思われるかもしれません。あたしも最初はそう思いました。こんなことはしたくありませんでした。でも、木村さまが足に特別な思いを持つようになったきっかけを聞いたら、それは自然な気持ちなのだと思えるようになりました」

「ほう。わしらにも聞かせてもらいたいね」

「ええ。なんでも、木村さまの家というのは、たいへん武芸に熱心だったそうです。道場にはいつも武芸のお仲間が集まり、稽古の声が聞こえていたといいます。ですが、ご長男の木村さまは身体が弱く、ひどいぜん息の発作に悩まされ、いつもその稽古に参加できずにいました。道場の真裏が、木村さまの床を敷いた部屋だったそうで、季節の変わり目——春と秋のほとんどを、そこで横になってかけ声を聞きながら過ごしたそうです」

「かわいそうにな」

幼い木村は、叱られているような気持ちになったかもしれない。

夏木は自分が倒れて初めてわかったのだが、身体に不具合なところがあると、なんだか負い目を感じてしまうのだ。それは病がちな人も同じなのではないか。まして、本来、元気な子どもがそんな身の上だったらなおさらだろう。

「ええ。ご両親は木村さまの頼みこそ聞いてくれましたが、あまり顔を見せることはなく、一日の大半を横になって過ごしたそうです。木村さまの言葉で言うと、洪水にそなえてつくった土嚢のような日々だったそうです」

「土嚢となー」

「そんな木村さまの眼を唯一なぐさめてくれたのは、奥女中の拭き掃除だったのだそうです」

「拭き掃除？」

首をかしげながら、夏木と仁左衛門は顔を見合わせた。

「はい。寝床のわきを、奥女中が雑巾を押すようにしながら行ったり来たりするのです。そのとき、奥女中の足が目の前に見えていました」

「なるほど」

「足がきれいだっただけでなく、その奥女中はやさしい人だったそうです。寝ている木村さまに、大丈夫ですよ、おとなになるころにはぜん息なんて治って、剣術もできるようになりますからと、やさしくなぐさめてくれたのだそうです。それでまた、目の前を素足が行ったり来たり」

「ああ、そうか。子どもの木村にとって、きれいな足がたとえようもないなぐさめだったのか」

「おそらく」

と、おりきはうなずき、

「木村さまは掃除のようすを見つめ、あの足のそばにいられるなら、自分は雑巾になってもいいと思ったそうです」

「おいおい、雑巾かい」

と、これには夏木も思わず噴き出した。

「木村さまは女にもてるお人でした。それはおそらく女に対する想いの純真さが、自然と伝わったからだという気がするんです」

おりきは最後にそう言った。

おりきが帰ったあと、しばらくのあいだ、夏木と仁左衛門は陶器の山を眺めていた。その山は神々しくも、また、こころの奥深いところにあって触ると心地よくなる突起物のようにも見えていた。

藤村慎三郎が好物の饅頭を持って来たのに、鮫蔵は見向きもしない。

窓辺に座り、遠くに目をやっていた。

ここの窓から見える景色は、たいしたものではない。左手は角になっていて、こちらからは質屋の正面が見えるだけである。まん前が材木屋で右のほうにはどこの店のものかはわからない蔵が三棟ほどつづいている。その先に、掘割がわずかに見えていた。鮫蔵はどこかしょんぼりしている。

ふてぶてしくて深川じゅうの嫌われ者である鮫蔵と、いまの鮫蔵。

どっちが本当の鮫蔵なのか。

いまの横顔には、あのぎとぎとした厭らしさや、押しの強さなどは露ほども見えていない。むしろ、幼さすら感じられる。

——こいつにも子どもの時があったんだ……。

藤村は鮫蔵という男そのものに興味を抱いた。

階下におりて、鮫蔵の女房に訊いた。

「あいつはどういう手づるで岡っ引きなんぞになったんだ？」

藤村の問いに、昼飯を食いに来ていた長助も耳を澄ました。下っ引きにすら過去を語っていないことが、その興味をむき出しにした顔からもわかった。

「あたしもくわしくは知らないんですよ。昔のことは話したがらないもんで。だから、あたしも人づてに聞いたんですが、門前町の権助親分の下っ引きだったそうですよ」

「門前町の権助……地蔵の権助か？」

「ええ」

地蔵の権助は伝説の岡っ引きだった。藤村も二、三度は会ったことがあるが、そのときはもう若い同心なんぞ声もかけにくいほどの名声と伝説に取り巻かれていた。

乞食坊主だったのが、岡っ引きになったという。

鮫蔵とは正反対の調べをする人だった。鮫蔵は押しが強く、無理やりにでも聞き出すという調べである。権助はちがった。丹念で地道な調べを積み重ねた。

鮫蔵とちがって町の連中からも、好かれ、信頼された。情け深く、いつも穏やかな笑みを絶やさなかったことから、誰が呼ぶともなく地蔵の権助。悪党たちに対しても、まるで別な人間として扱ったりはせず、いくつか道をまちがえたり、境い目の壁がこわれただけなのだと看做していた。

「生きてるんですか？」

と、長助が藤村に訊いた。

「いや、死んだ。だが、権助のおかみさんはまだ生きてるんじゃねえのかな？」

藤村は外に出た。門前町の番屋で年寄の番太郎に訊いてみようと思った。

やはり、権助の女房はまだ生きていた。ここから遠くない松村町の裏長屋に、権助とともに育てた養女といっしょに暮らしていた。

その長屋を訪ねた。

ずいぶんな歳かと想像したが、まだ六十代半ばくらいではないか。肉付きはいいが、身のこなしは軽そうだった。

「ちっと岡っ引きの鮫蔵のことで訊きたいことがあってね」

「当人に訊けばいいだろ」

と、地蔵の後家はそっけない。

「自分のことは言わねえんでね」

「ああ、そうだろうね」

「鮫蔵とは会ってるかい？」

「ああ、たまに顔を出してくれるよ」

「やっぱりな」

義理も人情も関係なさそうな顔をして、ちゃんと気にかけている。鮫蔵はいつもこうして純な少年の顔を隠してきた。

「でも、近ごろは来ないよ」

「ちっと身体の調子を崩しててね。なあに、そのうちまた顔を出すさ」

「ああ」

「権助親分と鮫蔵ってのはどういう間柄なんだい？」

親類の悪いガキでも引き取ったのか。そうでもなければ、あんなやつが岡っ引きになろうとなんざ思うものだろうか。

「鮫は権助の愛弟子だよ」

「ほう。地蔵の弟子が鮫かい」

と、藤村は皮肉っぽく笑った。

「あれは死にたがりなんだって、うちの人は言ってたね」

「死にたがり？」

なんてことだ。また意外な顔を垣間見せた。いったい鮫の裏側はどうなっているのだ。

「過去の罪におびえて、生きるのがつらいんだって。罪滅ぼしができたと思わせてやりてえが難しいとも」

「…………」

今度は生きるのがつらいときた。きれいな鮎はじつは出世魚で、海に出て鮫になりましたってかい。ほんとに驚かせてくれる男である。

「深川の生まれなのかな？」

てっきりそう思っていたが、疑念が湧いた。

「ちがうよ。あたしもそのころは、権助といっしょにはいなかったからよくわからないけど、流れ者だよ。しかも、あの人はたぶんお侍だよ」

「…………」

これがいちばんの驚きだった。

三人の男たちは、また拭き掃除をしていた。このところ、初秋亭は四、五日、掃除をしないと、廊下や階段がうっすら白っぽくなる。

藤村が二階の畳を拭いていると、尻のほうで、

「汚ねえなあ、藤村さんの足は？」

と、仁左衛門が文句を言った。

「なんだよ。そんなに不細工な足かい」

色が黒いのは認めるが、不細工と言われるのは心外である。

「ちがうぞ、藤村。足の裏がそんなに汚なかったら、いくら床のほうを拭いても無駄になってしまうのだ」

と、夏木が藤村の足の裏を指差した。

「おっと、そいつはすまなかった」

藤村は素直に雑巾で自分の足を拭いた。

「そういえば、このあいだ、ほこりがどこから来るのかという話をしただろ」

と、仁左衛門が言った。

「ああ、したなあ」

「ここらの土地をだいぶ持っている山形屋の隠居がいるだろ」

「あの学問好きの隠居か」

「そうそう。あの人が言うには、細かいほこりは、もろこしから飛来してくるんだと。ほんとの話かね」

「もろこしだと？」

夏木が怒ったように言った。「もろこしから来るとしたら、いくつもの山脈を越え、その前には海を越えてやって来ることになるのだぞ」

「だが、夏木さんよ、ものの本によると、富士のお山が爆発したときは、ここらもすべて灰で埋まったらしいぜ」

と、藤村が言うと、

「浅間山のときだってそうだったそうだよ」

仁左衛門も祖父から聞いた話を思い出した。

「そういえば、凧もずいぶん高く空に揚がるな。糸があるから止まるが、果てしなく揚がっていくのではないかと思うときもある。ということは、もろこしのほこりが空をさまよって来て、ここらに降ったとしても、不思議ではないのかもしれぬな」

夏木は納得した。

「なるほどなあ。人知を超えた不思議ってのはあるもんだなあ」

仁左衛門も学んだらしい。

藤村はふと、雑巾をこする手を止めた。

——もしかして、鮫蔵や寿庵のこころにも何かが飛んで来たのだろうか……。

人のこころの危うさは知っているつもりである。それにしても鮫蔵や寿庵のこころの奥には、まだまだうかがい知れぬ場所がありそうだった。

第二話　短命の鏡

一

初秋亭の二階から下の通りを見下ろしていた七福仁左衛門が、

「おやぁ」

と、首をかしげた。

「どうした、仁左」

畳に足を広げ、前屈姿勢を取る筋伸ばしをしていた夏木権之助が訊いた。

「いや、さっきから見覚えのある男が、この前を行ったり来たりしてるんだがね。誰なのか思い出せないんだよ」

「どれどれ」

夏木につづいて、藤村慎三郎も下を見た。

「あの、上品そうな男か？」

「そう」

いかにも高そうな茶の着物にこげ茶の羽織を着た町人が、初秋亭をのぞきこむように通り過ぎるところだった。門も戸も開けっ放しだが、下には誰もいない。

「隣りの番屋に用でもあるんじゃねえのか？」

と、藤村が言うと、

「いや、視線はずっと初秋亭だったな」

目のいい夏木が言った。

しばらくもどって来ないので、やはりちがったかなと思ったら、

「あ、古仙堂の包みを持って来た。手土産だよ」

と、仁左衛門が小声で言った。古仙堂は永代橋のたもとにある煎餅屋で、値が張るのでお遣い物にされることが多い。

「暗い顔だなあ。面倒な相談ごとかもしれないよ」

「どうせ、やれることしかやらねえんだから」

と、藤村は笑った。

案の定、訪いの声があったので、三人は下に降りた。

玄関口にいたのは、五十年配の男で、沈鬱な顔をしている。思わず、「お貸しで

きる金はありません」と言いたくなるような顔である。

「どうも、噂の初秋亭を訪れると思ったら、年甲斐もなく緊張して、行ったり来たりしてしまいました」

と、男は言った。

「緊張するほどたいしたところじゃありませんよ。さあ、どうぞ、どうぞ」

と、仁左衛門が座布団を勧めながら言った。

「お初にお目にかかります。わたくし、この前まで奈良屋市右衛門と申しまして……」

「あ」

仁左衛門が思わず声をあげた。

「奈良屋さん。町年寄の奈良屋さんでしたか」

「さようでございます」

と、奈良屋はまだ硬い表情のままうなずいた。

町年寄の奈良屋と名が出て、藤村も夏木も目を瞠った。

町年寄というのは、江戸の民政の頂点に立つ役目である。その責任の大きさは江戸町奉行にも匹敵する。

ただし、奈良屋一人ではなく、樽屋藤左衛門、喜多村彦右衛門と三人いて、それぞれ日本橋本町の一丁目、二丁目、三丁目に立派な役宅をもらっている。

「あっしはお会いしたのは初めてではありません。霊岸島の北新堀町で町役人をしていたときがあるので、お宅にも何度かご挨拶にうかがいました」

「そうでしたか。それは失礼いたしました」

と、奈良屋が言った。見覚えがあるのも道理である。

「とんでもねえ」

町役人も責任は大きいが、町年寄とは格がちがう。挨拶にもぞろぞろ連れ立って行くので、奈良屋が仁左衛門を覚えているわけがない。

「今日も常盤橋のたもとから？」

と、仁左衛門が訊いた。常盤橋のたもとの本町一丁目に奈良屋はあるのだ。

「いいえ。わたくしは二年前に隠居をしましてな」

「あ、そうでしたね」

たしかそんな話も聞いた気がする。ただ、名は代々、受け継がれるので、代が替わったのに気がつきにくい。

「いまは山翁と号して、尾張町の隠居家で暮らしています」

「おいくつで隠居を？」

「ええ。五十になりましたので」

「へえ、まだお若いのに」

と、仁左衛門は驚いた。

たしかにそれくらいで隠居をする者は大勢いる。だが、町年寄という仕事はやりがいも権力もある。それを手放したというのは、よほどの理由でもあったのか。

「いや、もう疲れましてね。あまりにも責任が重くて」

「なるほど、そうでしょうな」

仁左衛門はうなずいた。それは上に立つほど責任は重くなる。おそらくはその地位になってみないとわからないのだろう。

「それで、元町年寄の奈良屋さんが、初秋亭に何か？」

と、藤村が訊いた。

「はい。じつは図々(ずうずう)しいお願いなのですが、こちらの初秋亭に入会させていただけないかと思いまして」

「入会？」

藤村は目を丸くした。

「はい。資格のようなものはございますか？」

「そんなものはありませんよ」

　と、仁左衛門が答え、

「わしらはここの景色を楽しみ、下手な発句をひねり、夏はそこで泳ぎ、やれる範囲のよろず相談を受け付けると、そんな日々を送っているだけでな」

　わきから夏木がそう言った。

「奈良屋さんは、何か、趣味とか、楽しみというものは？」

　と、藤村が訊いた。

「はあ、楽しみというと……吉原にはしばしばまいりますな」

「吉原ねえ」

　三人は顔を見合わせた。現役のころはともかく、隠居してしまうとそこまでの金銭的な余裕はない。現に、初秋亭を構えて以来、三人は一度も行っていない。

「それから謡をやります。囲碁は本因坊にも筋がよいとほめられたことがあります。あとは茶の湯のほうでは、人さまに自慢できる茶器も数点は」

「なるほど。さすがに上品な遊びじゃな」

　と、夏木は感心し、

「まるで重ならねえなあ」

藤村は弱った顔をした。

「武芸は得意じゃないと駄目ですか？」

「いや、そんなことはないぞ。だいたい、ここは会とか組にしているわけではない。昔からの仲間三人で、この家を借りているだけでな」

と、夏木が言った。

「まあ、遊びに来てくれる分にはいっこうにかまわないよ。入会うんぬんはともかく、しばしば顔を見せてはどうですかい？」

藤村が言った。

「それは、ぜひ」

と、奈良屋は喜んで帰って行った。さっそく明日（あした）からでも訪ねて来るつもりらしい。

奈良屋を見送ると、藤村が言った。

「それにしても、最近、仲間に入れてくれと言われることが多くてな」

「わしもだよ」

夏木もうなずいた。

「あっしも言われるよ。直接言わずに訊いて来る者もいる。あたしの兄がとか、知り合いがなどと言って」

仁左衛門も言った。

「ありがたい話なのだがな」

と、夏木は腕組みをした。

「けっこう多いんだよ。たぶん奈良屋さんも同じなんだろうが、隠居したはいいが、まだ体力はあるし、ぶらぶらするのも後ろめたい。誰かの役には立ちたいが、といって若いときのようなことはやれそうもねえ。そんな人たちのあいだで、この初秋亭が評判になってるんだってさ」

「でも、奈良屋が入るのはどうかね」

藤村が難しい顔をした。

「どうかって、なんだい。藤村さん?」

「三人だけで小さく固まろうなんて気はねえんだが、なんせおれたちは四十年来の付き合いだからなあ」

「そうなんだよ。大川の水の中ではしゃぎあった想い出は他に代えがたいんだよ」

と、仁左衛門も納得した。

「ああいう時をともに過ごすと、裏も表もなくなってしまうのではないかな。見栄を張ってもお里は知れているし、しかも平気で喧嘩ができる。どうせ仲直りするのはわかっているからな」

と、夏木が言った。

「浜田が生きてたら、ここにいたかもしれねえが、あいつは死んじまったし」

藤村は天文方に出仕していた浜田三次郎を思い出した。大川の水練仲間で、いつもいっしょに遊んでいたのが、浜田を入れた四人だった。遠い夏。兄弟よりも親しく、泣いたり笑ったり、喧嘩したり仲直りしたりを繰り返した夏。

三人はちょっとぼんやりしてしまう。

藤村がハッとしたように立ち上がった。

「さて、おいらは鮫のところに顔を出してくるぜ」

藤村慎三郎が油堀にかかる下之橋のところまで来ると、千鳥橋のほうから倅の康四郎と下っ引きの長助とがやって来るのが見えた。

康四郎はいつもの同心姿ではなく、袴をつけている。長助のほうも尻っぱしょりはせず、きちんと着物を着て、どこかの手代のように見える。

何か話しながら歩いていて、藤村にはなかなか気づかない。

藤村は思わず苦笑いをした。こうして康四郎が一人前のつらで町を歩いているのを見ると、ふっと不思議な気がすることがある。康四郎はまだ幼いはずなのに、いつ、こんなにでっかくなってしまったのかと。

あれはまだ手習いに行きはじめたばかりだった。友だちに気に入らないことでも言われたのか、あそこには行きたくないとごねたことがあった。無理に行かせたりすると、かえってこじれるという話も聞いていたので、そのまま放っておいた。さすがに十日もすると、無理やり引きずって行きたくなったが、下手人(げしゅにん)を見張るときのことを考え、根競(こんくら)べのようになった。

幸い、二十日ほどしたら何ごともなかったように行きはじめたものである。

あのときのことを思い出すと、いま、こうして町を歩いている康四郎に妙な感じを抱いてしまう。あのちび助が、本当にこいつなのだろうか。

やっと、康四郎と長助が、こっちから来る藤村に気づいた。

「ああ、父上」

なんとも無愛想な顔である。

「よう、お出かけかい？」

からかうように言った。

加代が、康四郎は今日は非番だと言っていたはずだった。その加代も女たちの仕事のため、すでに出かけてしまった。

「いろいろ調べることがありましてね」

「いろいろな」

「そういえば父上、一昨年(おととし)の夏に小梅村(こうめむら)で、男が頭に五寸釘(ごすんくぎ)を打たれて殺された事件があったのですが、あれは担当なさいませんでしたか？」

「そりゃあ、おいらじゃねえ」

前に鮫蔵が言っていた殺しではないか？　だいたいその件は南町奉行所(みなみまちぶぎょうしょ)のほうで扱っていたはずである。南はいちおう決着させたのか、その後のことは何も知らない。

「おめえ、そんなものを洗い直すのかい？」

「まあ、ちょっと……」

「ふうん」

藤村も若いときは上司からずいぶん、余計なことはするなと言われた。仕事なんぞはもっと要領よくやれと。

そう言われるとますます不器用にやりたくなった。康四郎にもそんなところがあるのだろうか。

だが、調べだけでなく、人生すべてにおいて道草こそ醍醐味と言えるのではないか。まっすぐ目的にたどり着く人生なんざ、面白くもなんともないし、それで何が学べるというのか。

藤村は嬉しさ半分、頼りない気分が半分で、康四郎と長助を見送った。

藤村は佐賀町に来ても、すぐには鮫蔵の家に入らない。周囲をぐるりと一回りする。

こうやって何度も回るうちに、鮫蔵の家の危ないところも見えてくる。おれが襲撃者なら、どこに隠れ、どこから狙うかというのもわかってくる。

──矢が怖い。

とは、十日ほど前に歩いていて思った。そこで、夏木に相談し、二階の窓のすだれを二重にさせた。これで矢の勢いはかなり削がれるはずだという。

また、玄関口の前に、通るのに邪魔になるくらい植木鉢を並べさせた。こういうことでも、襲撃者の勢いをくじく役割を果たす。

一回りして異変がないことを確かめ、

「よう。いるかい？」

と、玄関から声をかけた。

「いらっしゃい。どうぞ」

鮫蔵の女房が座布団を勧める。

鮫蔵より二十いくつも若い女房だが、しっかりした女である。同じ地所に髪結いの店を持っているが、このところ店のほうは弟子まかせにして、鮫蔵の看病につきっきりになっている。

「驚いたな」

藤村は向こう側の小さな庭にいる鮫蔵を見て、言った。

近所の二、三歳くらいの子どもが遊びに来ていて、その子と話しているではないか。以前だったら子どもでも鮫の迫力を感じ取り、近づきもしなかったのに。

「朝からああして遊んでいるんですよ」

「ふうん」

小さな独楽（こま）を地べたで回しているのだ。

以前には見せなかった表情を見せている。

やさしい顔。おだやかな顔。からかうのも気が引けるほどである。

「どうしちまったんでしょう？」

「あれがほんとの鮫蔵かもしれねえよ」

「まあ。なんか以前の憎たらしい鮫が懐かしくなりますよ。あれじゃあ、そこらのおやじと変わりないですもの」

「まったくだ」

と、藤村も苦笑した。

そこらのおやじで何も悪いことはない。当たり前の暮らし、適当な人付き合い、右へならえの毎日。おおいに結構である。だが、それでは鮫が鮫でなくなる。ぎらぎらするような一種の輝きは失われる。

「生きてただけでありがたいことですがね」

と、鮫の女房はすこし寂しげに言った。

「なあに、そのうちまた憎まれ口をききだすって」

「でも、まだぼんやりしてますよ」

「何か思い出したようすもねえかい？」

「思い出そうとしても、なかなか思い出せないみたいです」

思い出そうとするだけでも回復しているということだろう。

「ああ、そうか。問い詰めたりはしないほうがいいぜ」

「ええ。このまま忘れちまえば、あの人も悪党たちから追われることもないのでは？」

「さあ、それは……」

藤村は返事を濁した。

――げむげむが鮫蔵をこのままうっちゃっておくだろうか。

それは考えられない。かならずげむげむからの刺客がやって来るだろう。

だが、藤村はいま、一日の多くを鮫蔵のところにいるし、女房や妾たちもつねにこの家につめている。同じ敷地に鮫蔵の女房の髪結い床があって、始終、人が出入りしている。鮫蔵の下っ引きは長助だけではないし、若いが目端のきく長助は住み込みである。

加えて、鮫蔵の家には猫も数匹いる。

猫というのは犬に劣らず敏感な生きもので、怪しい闖入者があれば慌てて押入れに逃げ込んだりする。その反応は警戒をうながしてくれるのだ。

――大丈夫、守りきれる。

と、藤村は自分に言い聞かせた。

二

この日——。

初秋亭にいたのは、夏木と仁左衛門、それに奈良屋だった。藤村は朝から鮫蔵のところに行っていた。

奈良屋はあれから五日、毎日、通って来ている。気を遣うなと言っても、必ず手土産を持って来る。今日は、尾張町の山金の羊羹である。

「どうも奈良屋さんが来てから食いすぎになっちまうね。なんだか肥ってきたような気もするし……」

と、仁左衛門は腹を撫でながら言った。

「仁左は歩くのが足りないのだ。留守番と猫探しを交替してやろうか」

夏木は今日も、頼まれていた猫を見つけ、早々と届けて来たのだ。

「猫探しは、あっしには無理だよ。夏木さまのその目じゃないと」

「まあ、それはいいとしても、もっと身体を動かしたほうがいいぞ」

一度、倒れた夏木は、口を酸っぱくして、藤村や仁左衛門に身体を動かすことを勧めている。

「ところで、昼ごはんはどうします？」

と、奈良屋は訊いた。

「さっぱりと、うーめんでも茹でて食おうよ」

「うーめんですか」

奈良屋は、自分で食うものをつくるなんてことは初めてだという。

「初めてか？」

と、夏木は驚いた。

もっとも夏木だって、子どものときにせいぜい焼き芋を焼いたりしたくらいで、ちゃんとした飯のしたくは初秋亭でしたのが初めてだった。いまは夏木の炊く飯がいちばんうまいと言われる。

茹であがった麺をざるで冷やして水を切り、つくりおきのタレに入れてすする。

「うまいものですねえ」

と、奈良屋はひとしきり感心し、

「初秋亭の皆さんのご伴侶はお達者で？」と、訊いた。

「いいえ。あっしは最初の女房を亡くしたのですが、後妻を入れました。夏木さまと藤村さんは、律儀に最初の奥さまと」

「ふっふっふ」

と、奈良屋は上品に笑う。

「奈良屋さんは？」

「四十のときに亡くしまして、以来、独り身です。寂しいので、後妻に入ってはもらえないかと頼んだこともあったのですが、断わられました」

「奈良屋さんの申し出を断わるおなごがいますかい？」

「いますとも」

「それはよほど若かったり、あるいはお武家さまの娘だったり？」

「とんでもない。ふられたおなごは、おけいさんといって、歳は三十九。町人の出で、旦那(だんな)とは一年前に死に別れた人でした」

「さぞかし美人なんでしょうな」

「それはもう、あたしの五十年の人生の中でもぴか一」

「ほう……」

吉原にもしばしば行く人がそう言うからには、よほどの美女であることはまちがいない。

「じゃあ競争相手が多すぎて、さすがの奈良屋さんも敗れたというわけですね」

仁左衛門がそう言うと、奈良屋は大きくため息をつき、

「それならいっそあきらめもつくというもので。ところが、言い寄る者はことごとく鎧袖一触。相手にされないのです」

「へえ」

「その理由というのが、亡くなった亭主──この人は金門堂という薬種屋のあるじでしたが、その金門堂があまりにも素晴らしい人だったので、とても別の男とどうこうというのは考えられないというのです」

「それは凄いな」

と、夏木は感心した。

「男なら、それくらいのことを言われてみたいものよのう」

「ところが、夏木さま、わたくしにはそれが納得いかないのですよ」

と、奈良屋はめずらしく興奮した調子で言った。

「金門堂がそれほど立派な男だったとは、どう逆立ちしてみても思えないのですよ」

「知り合いだったのか？」

「はい。金門堂も町役人をしていたことがあるんです。ただ、金門堂は京橋南の弓

町にありましたから、七福堂さんとはごいっしょすることもなかったはずです」

「そうですね」

「町年寄はその上に立つので、会合などでよくいっしょになったのです。だから、人となりもよく知っています」

「どんなふうだったんで？」

「女房の前では偽っていたのかもしれませんが、下品で、芸人たちの言葉で言うとせこい男でした。だって、会合をした料亭から盃や煙草盆などを盗んでいくんですよ。こそ泥みたいに」

「へえ」

「女癖も悪いんです。仲居さんやお女中などで、ちょっと器量のいいのが来ると、すぐに尻を触ったり、胸に手を入れたり。それはもう、冗談を通り越して、見ていて嫌になるくらいです」

「そうなのか」

「商いでいちおう財を成したことでも、いろいろとあくどい商売をしてきたと噂もありますし……。あんな男を立派だと思い込んでいるなんて、おけいさんもかわいそうすぎます」

どうやらこの未亡人には相当、未練があるらしい。

「でも、立派だったと思い込んでいる男を、じつはそうじゃないとはなかなか言えないんですよ」

奈良屋はつらそうに言った。

「そうだろうな。卑怯なふるまいにも思えるしな」

と、夏木も認めた。

「だから、なおさらあきらめきれなくて……」

ついに白状した。

「そういうことだとな」

女への未練に関しては、夏木にも覚えがある。みっともないところもずいぶんさらしたりした。

「おけいさんに会ってみたくないですか？」

奈良屋はふいに明るい顔になって言った。

夏木と仁左衛門は顔を見合わし、

「そりゃあ、まあ」

噂の美女は、男なら誰でも見てみたい。

三人は舟も駕籠も使わず、霊岸島から八丁堀を横切り、京橋南の弓町へ向かった。

「会ってくれますかね」

と、仁左衛門は歩きながら訊いた。

「ええ。大丈夫です。会うことはいつでも会ってくれますし、愛想もいいんです。ただ、それ以上はけっして踏み込ませないのです」

奈良屋は、おけいの高潔ぶりを自慢するように、胸を張って言った。

「なるほど、それは……」

と、夏木は奈良屋には聞こえないよう、小声で仁左衛門に言った。

「手練手管で言うと、もっとも高度な技だぜ。もう一歩の期待があるから、男はなかなかあきらめられない。まったく相手にされないなら、男だってあきらめるしかしょうがないのに」

「それじゃあ……？」

「うむ。性格はあまりよくないのではないか」

「何か？」

と、奈良屋が振り向いたので、

「いや、なんでもない」

夏木はしらばくれて首を横に振った。

「ここですよ」

と、奈良屋は足を止めた。

弓町の表通り。東海道（とうかいどう）につながる大通りよりはちょっと狭いが、それでも江戸のど真ん中の通りである。人通りはひきもきらない。

ここは、奈良屋の隠居家がある尾張町からも近い。ああだこうだと用事をつくっては、ずいぶん通いもしたのではないか。

薬種屋はもう商売をやめていて、看板も下ろしてある。ただし、出入りが不便なので、表を半分ほどは開けて、玄関代わりにしている。それもあって、妙な構えの家にも見えていた。

使用人にも暇を出し、いまは飯炊きの婆さんと、女房の遠い親戚（しんせき）の小僧が一人いるだけだという。

「ごめんなさいよ」

と、声をかけると、すぐに裏から返事がした。

「はい。おや、奈良屋さん」

ぱっと笑みを見せた。なるほど愛想はいい。

「今日は友だちを連れて来たんだよ。初秋亭といって、巷の難題や怪事件を次々に解決して、評判になっている方たちなのさ」

「おや、そうなんですか」

おかみは、初秋亭の噂は知らないらしい。それもそうで、いくら名を上げたといっても、せいぜい深川の一部くらいの話である。夏木たちだって、そんなにうぬぼれてはいない。

「これはつまらないもので」

と、途中で買ってきた塩瀬の本饅頭を出した。

「おや、まあ。では、お茶を。あ、じつはさっき、うっかりお茶を切らしたのに気づいて買いに行こうと思ってたところで」

「かまいませんよ、お茶なんざ」

「では、うちで売っていた薬草茶でも召し上がってくださいな。身体にいいんですから」

「それはありがたい」

奈良屋はだらしないくらい顔をほころばせた。

夏木と仁左衛門はさっきから噂の美女をちらりちらりと見ていた。

それから、互いに目を合わせると、

「それほどでもないよな」

と、正直な気持ちが行き交った。

お茶を一杯飲み、奈良屋はどこどこの薬は効いただの、ここのと似ているだのと、よくわからない話をしたあと、「では、また」と、かんたんに暇を告げた。

奈良屋はここから尾張町の隠居家にもどるらしく、足を止めると、

「ふっふっふ。お二人ともがっかりなさったでしょう」

いたずらっぽい目で二人を見て、言った。

「いや、がっかりなんざしてませんよ。ただ……」

仁左衛門は口ごもった。言い方が難しい。

「奈良屋さんならもっと凄い美人を後妻にしたって不思議じゃないのでは？」

と、お世辞にしてまとめた。

「いや。おけいさんの魅力は一度見ただけではわからないのです。どんないい女でも飽きる時が来ます。美人には悪いがときめきはさほどでもなくなってしまいます。でも、あの人に限っては……」

「たしかに、きれいなことはきれいだと思いますよ。だが、奈良屋さんが見たこともないほどとまで言うのは」

仁左衛門も困ってしまう。

「だから、何度か会わないとわからないのです。だんだんわかります。わたくしがこれほど執心しているのもわかってもらえます。明日も遊びに来ましょう」

「まあ、そこまで言うなら明日も……」

と、付き合うことになった。

翌日は朝からの雨――。

「ちょっと通りかかりましてね」

と、三人で顔を出すと、現われた笑顔に、仁左衛門も夏木も目を瞠った。

昨日の女と同じ人？　仁左衛門も夏木もそう思った。

しっとりした風情で、昨日とはまるでちがう。雨のどんよりした空模様に映えるような化粧だった。雨に咲く花のようだった。

この日もかんたんな挨拶で暇を告げ、

「どうです？」

と、奈良屋は訊いた。

「驚きました。別人かと思いましたもの」

「わしもだよ」

「そうでしょう。まあ、おそらくは化粧の名人でもあるし、化粧映えがする顔立ちでもあるのでしょう。毎日、雰囲気がまったくちがうんです」

「毎日ですか？」

「はい。もしもあの人といっしょになる日が来たら、今日はどんな顔で現われてくれるのか、楽しみでしょうがないでしょうね」

　奈良屋はうっとりした顔で言った。

「なるほどね」

「たしかにな」

　仁左衛門も夏木もそれは認めざるをえない。しかも、初秋亭もそういうことだった。毎日、見る景色が美しいものだったら……という願いであそこを隠居後の隠れ家に選んだのだった。だから、奈良屋の恋情も未練も笑うことはできない。

　寿庵はじっと見守っていた。

　命の灯はなかなか消えなかった。八十はとうに超している老婆だが、しぶとい病人だった。もう駄目かと思えば、ぱっと目を見開き、宙の一点を見つめて、念仏をつぶやいた。

腫物(はれもの)ができていた。下腹が固く、身体全体は干からびたようになっていた。先月あたりまではひどい痛みもあったが、それはもうあまり感じていないようだった。

何がこれほど、老婆を現世に執着させているのだろうか。明らかに生きようという強い意志が感じられた。それは単なる死の恐怖から逃げようとする意志なのか。あるいはまだやりのこしたことがあるのか。寿庵にはわからないことだった。

だが、病人にこれほど生きようという意志が感じられるのだから、すこしでもその願いを叶(かな)えてやりたかった。

寿庵は心ノ臓を奮い立たせる薬を調合し、綿にふくませて唇にあてた。吸うかどうかはわからない。

枕もとには寿庵のほかにはこの女の娘が一人いるだけだった。娘は看病に疲れ果て、だらしない姿で寝入っていた。

死はさまざまだった。

人生がさまざまなように、死も同一ではなかった。

ただ、どの死にも苦痛や恐れ、嘆き、疲れ、悲しみ——そうした厳しいものがつきまとった。安らかな死、満足しきった死など寿庵は見たことがなかった。そして、死の瞬間に何かが身体から離れるような気配も感じたことはなかった。

身体のあらゆるものが動きを止め、沈黙し、二度と動きだすことはなかった。出てゆくものももどってくるものも見当たらなかった。

魂魄というのを寿庵は信じていなかった。信じているとしたら死んだおようの言葉だけだった。おようはずっとそばにいると言ったし、それはたしかに感じられた。不思議な感じだった。

だから、魂や神ではなく、げむげむだった。

げむげむというのは、不思議な感性に恵まれたおようが、早口遊びのようにしばしば口にしていた言葉だった。

おようの最期はすさまじかった。苦しみの果てに人が変わったようになった。「狐つきだ」とまで言った者もいたし、逆に、「神になろうとしている」と言った者もいた。

おようが死んだ日――。

床のまわりには二十人近い人が集まっていた。みな、病のときにおようの世話になり、「おようさんのおかげで治った」と言っていた人たちだった。おようはそのうちの何人かに、とくに強い口調で言葉を残した。息を切らしながら。吐き出すように。

生真面目な八百屋の万二(まんじ)にはこう言った。

「女をもてあそぶ者を許しちゃ駄目。いいこと。絶対許しちゃ駄目」

そして、元相撲取りでヤクザにまで落ちたことのある音蔵(おとぞう)には、

「おとっつぁんをおびやかす者を許しちゃ駄目。絶対に許しちゃ駄目」

そう言い残したのだった。

この者たちが、いまのげむげむを支えていた。

おようさまが目指した世の中につくり変えよう。そうでなければ、おようさまに報いることはできない。

それは誰ともなく言いだしたことだった。

寿庵も賛成だった。医術が未熟であることももちろんだが、医術だけでは患者を救うことはできなかった。世直し。汚れきった世を、水で洗い流すように、正さなければならない。

失敗もあった。おようはそこまでのことは望まなかったはずという暴走もあった。弟子たちが奪った命のいくつかには、正直、寿庵も首をかしげたものがあった。

だが、躊躇すれば、世直しの流れは消えてしまう。

勢いを止めることは、寿庵にも許されないことだった。

「くわあっ」

目の前の老婆がふいに口を開けた。それからすっと表情に黒い沈黙が降りた。

長い戦いが終わり、老婆は逝った。

三

この日は夏がぶり返したような暑い日だったが——。

七福仁左衛門は、深川のはずれにある洲崎の浜に来ていた。

これは初秋亭のよろず相談とはまったく関係ない。古い知り合いである御船手方の同心をしている川瀬三之進という男から、新しい泳法について見てくれと頼まれたからだった。夏前から言われていたのだが、今年の夏はやたらと忙しく、やっと依頼に応えられたのである。

川瀬は、藤村や夏木とはまた別の知り合いである。仁左衛門がまだ三十代のころ、たまたま大川で泳いでいたとき、

「そなた、泳ぎがうまいなあ」

　と声をかけられて以来の付き合いだった。もっとも、川瀬とは藤村や夏木とちがって泳ぎの話以外はしたことがなかった。

　川瀬は海に入り、岸と平行に泳いでみせた。

　御船手方の役人たちは、奉行の向井将監が家元のようになっている向井流という泳ぎかたをする。これはいくつかの型はあるが、基本はカエルのような平泳ぎである。だが、川瀬は両手で開くようにかきわけながら、足はひらひらさせて泳いだ。向井流よりは明らかに速い。

　この足をひらひらさせる泳ぎかたは、もとは仁左衛門が編み出したといっていい。少なくとも、大川で泳ぐ連中は、誰もこんな泳ぎかたはしていなかった。

　もっとも仁左衛門はこれを水面ではあまりやらず、潜っているとき使っていた。

「速いですね」

「速いだろう。さらに、身体の下に舟形の一枚板を敷くようにする。こうだ。これで泳ぐと、まあ見てくれ」

　素晴らしく速い。

　だが、手が動かしにくそうである。

「手をこうやって交互に回すようにしてみてはどうです？」

「こうか」

抜き手を交互に繰り返す。

「そうそう」

さらに速くなった。

「いやあ、七福にはよいことを教えてもらった」

「なあに、川瀬さまの探究心のなせる技ですよ」

半刻(はんとき)ほど川瀬の稽古(けいこ)に付き合い、きりがなくなりそうで、一足先に帰らせてもらうことにした。

土手に上がり、木場(きば)のはずれにあたる入船町(いりふねちょう)の町並に入ったときだった。

――おや……。

仁左衛門の足が止まった。そっと物陰に寄る。

すこし先に、金門堂のおけいがいた。このあいだとはまた化粧の雰囲気はちがうが、やはり別人とまではいかない。しかも、着物の柄が同じだったので気づいた。

おけいは、男と言い争うようにしていた。自分たちと会うときのような笑顔ではなく、ずいぶん怖い顔をしていた。

男は下駄屋のあるじらしく、店から半分ほど身体を出し、

「しみったれ」

「へっ。借りたものは返すのが当たり前だろ」

おけいはそう言い捨てて、立ち去った。

男はまだ、腕組みをしておけいの後ろ姿を睨んでいたので、

「いまのは金門堂のおけいさんだろ」

と、話しかけた。

「なんでえ、あんた？」

「いや、あの人の知り合いの知り合いってとこで。家は京橋南の弓町だったはずだけどな」

「その弓町から、わざわざ借金を取立てに来やがった。暮れでもねえのに」

「借金？」

「たった百五十文を取立てて行ったんだよ。前にあの店で買い物をしたとき足りなかったんだが、ついでのときでいいって言われてたんだぜ。それをわざわざだよ。ちっ。たいそうな金持ちに後家に入ったくせに、けち臭いったらありゃしねえ」

「百五十文？」

それをわざわざここまで？

男からさらにおけいの悪口を聞き、なにか嫌な気持ちになってきたので、適当に切りあげた。

ところが、しばらく歩くうちに、おけいに追いついたのである。弓町の家まではここからだと女の足でだいぶある。それでも、駕籠(かご)を拾わない。

途中、喉(のど)が渇いたようだが、水茶屋の前でも我慢するようなようすだった。

——まさかねえ。

もしかしたら、金に困っているのではないか。

それは思ってもみなかったことだった。

初秋亭に着くと、今日も奈良屋が来ていた。カステーラの手土産だったらしく、夏木といっしょに一階の縁側で食べているところだった。

「さっきおけいさんを見かけましたよ」

「ほう。どこでですか？」

「木場の近くですよ。ところが、変なことがありましてね……」

と、さっき見聞きしてきたことを語った。

「たった百五十文を？　駕籠も使わず、洲崎から弓町まで？」

「解せないでしょう？」

「お金がないのでしょうね」

と、奈良屋は同情したように言った。

「そうとしか考えられませんよね」

仁左衛門もうなずかないわけにはいかない。

「では、一生困らないほど遺してくれたというのは嘘だったのでしょうか？」

奈良屋は不安げな顔で言った。

「嘘なのか。それとも何か不慮のできごとで消えてしまったのか」

「行ってみましょう」

奈良屋は立ち上がった。

「どこへ？」

「決まってます。おけいさんのところです。こんなことは当人に直接、訊いたほうが早いのです」

「はあ」

しかし、それは訊きにくい話なのではないか。

「では、行ってきます」

「じゃあ、あっしも」

仁左衛門が見聞きしてきた話である。じゃあと放り出すわけにはいかない。

夏木に留守番を頼み、同行することにした。

この前の倍ほどの速さで弓町まで来ると、

「おけいさん」

「あら、奈良屋さん」

さっきの着物のまま笑った。すこし疲れているようにも見える。

「正直に答えなければなりませんよ」

「はい」

「お金で苦労なさってますね？」

奈良屋はずばり訊いた。奈良屋だから訊けた。

町年寄という並外れて上の地位にいた。その町年寄は世襲である。能力も経験もほとんど問われることはない。だから、おそらく大名などと似ている。

大名に遠慮がないように、町年寄も下々（しもじも）の照れなどあまり斟酌（しんしゃく）することはないのだ。

逆に、訊かれたほうも答えやすかったりする。

おけいはこっくりとうなずいて言った。

「はい。困っております」

そのころ――。

俳諧（はいかい）の師匠である入江かな女の家を、げむげむの幹部が訪れていた。

この幹部は大男だった。名を音蔵といい、左手の薬指が欠けていた。それが何を意味するかはかな女も知っている。だが、げむげむの集まりで会う音蔵に、怖いところも兇暴（きょうぼう）なところも感じなかった。むしろ、困った人に親身に相談に乗る、実直そうな男だった。

その音蔵が訊いた。

「げむげむのためにして欲しいことがあると言ったら、やってもらえますか？」

「どのような？」

「どのようなではありません。げむげむのため、やるかやらないか、それだけを訊いているのです」

「はい。やらせていただきます」

と、かな女はうなずいた。いまや、げむげむを信じる気持ちは、こころの奥底まで届いている――そう思いたい。

「じつは、二代目さまは、あなたを三代目にしたいと見込んでおられる」

と、音蔵は言った。

「なぜ？」

「われわれを導いた初代さまは、少女のまま、げむげむになられた。その少女のこころをあなたも持っていると」

「あたしが？」

その質問には答えず、音蔵は訊いた。

「鮫蔵という岡っ引きを知ってるか？」

「はい」

もちろん知っている。何度か会っているし、話したこともある。町の人たちにひどく評判の悪いことも聞いている。

だが、単純な悪党とは思えないふしもある。

「見舞いをよそおって、薬を飲ませて欲しいのだ」

「毒ですか？」

と、かな女は厳しい顔で訊いた。

「毒でなんかあるもんかね。魂が浄化する薬ですよ」

「鮫蔵はどこにいるんですか？」

「いまは家で休養してるんだ。ちっと身体を悪くしたみたいでね」

「では、いまから行きましょう」

かな女は教えられた深川佐賀町の家に向かった。

大川沿いにゆっくりと歩いた。川風が水の匂いをさせて通り過ぎる。涼しい風である。

心地よいが句をひねろうという気にはならない。

このところ自分のつくる発句が物足りなく思えてきている。ちがう世界の句をつくりたい。ひとつの方向としては、女としての悩みや苦しみがもっと生々しいくらいににじみ出るような句。ずっと女一人で生きてきた。そうした身の上が句の中に感じ取れるなら、共感してくれる女も多いのではないか。

そしてもう一つは、もっと宗教的な発想による句。これは、げむげむの教えと出会ったことだけがきっかけではない。

かな女の師匠は与謝蕪村(よさぶそん)である。直接に教えを受けたわけではない。こころの師。系列で言えばひ孫弟子あたりになる。

じっさいの弟子筋のことを別にしても、蕪村の句は若いときから味わいつくしてきた。

そのつどさまざまな感慨を与えられる。このごろでは、神仏の視点のようなものが強く感じられるのだ。

月天心貧しき町を通りけり
ほとゝぎす平安城をすじかいに
いかのぼりきのふの空のありどころ
ちりて後おもかげにたつぼたん哉
さみだれや名もなき川のおそろしき

これらの句には、人のものではない不思議な視点や、目には見えないが存在しているものへの視点がある。蕪村翁もげむげむを感じていた？　そう思うと、胸のうちにたまらないほど慰撫(いぶ)される気持ちが広がった。

いわし雲げむげむと言う橋の上　かな女

四

「夫は、金のありかを隠したまま死んだんです」

と、おけいは横を見て、悔しそうに言った。視線の先の箪笥（たんす）の裏に、親の仇（かたき）でも隠れているような、剣呑（けんのん）な目つきだった。

「ありかを訊かなかったのですか？　急な病というほどではなかったのでしょう？」

奈良屋が口ごもりながら訊いた。

「訊きましたとも。訊いても教えなかったんです。教えたら、毒を盛るだろうと。それでにやりと笑うんです」

おけいの目つきが、さらに憎しみで光るようになった。

「ああ。それがわたくしが知っている金門堂ですよ。おけいさんが立派な人だったというから、そんな馬鹿なと」

「ひどいですよね」

と、ようやく二人を見て、強（こわ）ばった笑顔を見せた。

「まったくですね」

「そのために、この一年、手持ちの金にすら不自由していたのです。それでも日々のお金はどうしても出ていきます。払えないからツケにするしかありません。もちろん、相手にちょっとでも不安な気持ちを持たれたら、貸してなんかくれません。だから、他人さまには金がないとは言えないのです。じっさい、どこかには充分すぎるくらいあるはずなのですが……」

「なるほど」

「もしも金がないとわかれば、まわりは牙を剝いてきます。借金の取立ても現われるし、この家だって狙われます。表通りの家ですから売ればけっこうな金額にはなるでしょう。そのかわり、どこかに隠してあるはずの金もあきらめることになります。だから、あたしは死んだ亭主のことをほめまくらざるをえなかったのです。何も心配がないようにしておいてくれた。だから、一生困ることはないのだ——と」

「そういうことでしたか」

奈良屋がため息をついた。後ろで仁左衛門もうなずいた。

「あたしは、どうしたらいいのでしょう？」

そう言って、おけいはまた、横を向いた。今度は、箪笥の陰の親の仇が、八人もいたというような不安げな顔になった。

「探しましょう。その仕事は、初秋亭がお引き受けします」

と、奈良屋が胸を叩いて言った。この言葉が言いたくて、初秋亭への入会を望んだかのようだった。

夏木にも来てもらった。夏木は、

「こういうときはじたばたしても始まらないのだ」

と、落ち着いた口調で言い、

「だいたい、すでにずいぶん探したのでしょう?」

「それはもう、この一年、ありとあらゆるところを。やっぱりないのかと、何度も不安になりました」

「だが、どこかにあるはずだと?」

「はい。生前、どこにも出かけていないのに、十両、二十両というお金が出てきたことが何度もありましたから」

百坪ほどの土地のうち、八十坪は建物である。庭は小さな中庭があるくらいで、ほとんどない。

「縁の下は?」

「探しました。掘って掘って掘りまくりました」

いちおう床下を見ると、なるほど土が掘り返されたあとだらけである。

とすると、やはり建物の中のどこかにあるはずなのである。

「それにしても、そこまでわからなくするとは……」

「意地悪なところがありましたから」

「それだな」

と、夏木は言った。

「おけいさんがいちばんいるところはどこだろう？」

「台所？」

と、奈良屋が言うと、

「いえ、台所になどほとんど入ったこともありません」

「じゃあ、そこを探しましょう」

奈良屋は台所に向かおうとした。

「逆だよ。意地悪なやつだもの。そんなところには置かないさ。逆をついているのさ。おけいさんがいちばんいるところと言えば……鏡の前ですよね」

「ああ、それはもう。一日のうち、二刻（四時間）ほどはいますから」

「そんなに」

と、奈良屋は呆(あき)れたが、夏木はそんなところだろうと思った。それくらいいなければ、日々、これだけの顔の変化はつくれない。季節や天候、江戸の行事、自分や亭主の気分にも合わせ、顔をまるごとつくり変える。たいした荒業。そして、できあがりをうっとりと眺める。二刻では足りないかもしれない。

「鏡の間はどこですか」

夏木は案内させた。

中庭に面した六畳間。この家でいちばん光が差すところだろう。

中庭は完璧(かんぺき)に掘り返されたあとがある。

夏木は鏡の前に座った。映るのは後ろの屏風(びょうぶ)と顔だけ。

鏡台はいかにも頑丈そうで、三つ並べてある。正面のが大きく、両脇がややこぶり。この三つで、自分の顔をあらゆる角度から検討することができる。

夏木はその鏡台をつかんだ。

「重いですね」

「ええ。鏡を載せるものですから。あたしが昔、特注したものです。まだ、この家に来る前から持っていたものです」

夏木は引き出しを開けた。さまざまな化粧道具が入っている。魔術の種。化粧というよりも、あらたに描き直す。

「なるほど」

と、夏木は言った。

「何か？」

「ええ。引き出しはこの台よりもずいぶん小さくできてますな」

「え？」

夏木は鏡と引き出しを外し、台を持ち上げた。底のほうを押したり引いたりした。

「ほら」

鏡台の台の部分が二重底になっていて、和紙に包んだ小判が続々と出てきた。

「まあ」

みな、目を瞠（みは）った。

「あたしの鏡台なのに。いつの間にこんなことを」

出るわ、出るわ。総計、千八百両。十両あれば、一家四人、つましいが一年は食べていける。百八十年、おけいは困らない。

「ああ、嬉（うれ）しい。この数ヶ月間、ずっと買い物も我慢してきた。溜（た）まりに溜まった思いを晴らしてこなくちゃ」

おけいが甲高い声で言った。すでに、外へ出るしたくに取りかかっている。

「いまからですか」

と、奈良屋は呆れて訊いた。

「そうですよ。さ、さ、あなたがたもお帰りくださいな。こうなったら、ここも売り払って、すっきりするんだ」

「それはまた」

「くそっ、買いまくってやる」

飛び出して行った。

あの分では、千八百両は何年もつかわからなかった。

「凄かったですな、あの豹変ぶりは」

と、外に出てきた仁左衛門が、おけいが去って行った日本橋方面を見ながら、言った。

「はい。驚きました」

「じつは、百五十文を持って行かれた男から、意外な話も聞いてましてね」

「おけいさんのですか？」

「ええ。言わないほうがいいかと思っていたのですが、いまは言ったほうがいいと思いまして。短命になるそうですよ」

「短命に？」

「おけいさんのご亭主はみな」

「なるほどのう」

と、夏木がうなずいた。

それはそうだろう。ああして毎日、新鮮な刺激を与えつづけられたら、淫は過にもなれば荒にもなるだろう。使い果たして枯れてもくるだろう。おそらく、それを狙っての化粧であり、艶っぽさなのではないか。

「男はそれでもいいと思ってしまうらしいんです」

仁左衛門がそう言うと、

「短命は困りますよ。末永く連れ添って、おだやかな老後を過ごしたいと、後妻をもらうのですから」

奈良屋が目を覚ましたように言った。

「そうですよね、曲者だったのかなあ、おけいさんは」

と、仁左衛門が言うと、

「そりゃあ素人が変装の真似事はしないさ」

夏木が笑った。

「そうですよね……」

奈良屋は深々とうなだれた。


「ごめんください」

鮫蔵の家をかな女が訪ねた。秋らしい装いだった。斜めに走る縞柄(しまがら)のようだが、よく見るとスキを図案化した小紋だった。

「どちらさまで？」

鮫蔵の女房が出て来て、向き合った。

女房はかな女の装いを見て、ほんのすこし眉(まゆ)をひそめた。かな女には、どこか同性の気持ちを逆撫(さかな)でするところがある。

「鮫蔵の旦那(だんな)にときおりお世話になった発句の師匠の入江かな女と申します。初秋亭の藤村さまたちにもお教えしているのですが」

それでも、初秋亭という言葉の効果は絶大だった。藤村の名は、幕府の老中(ろうじゅう)の太鼓判のように信頼されていた。

「おや、まあ」

女房は中にいた若い男を見て、大丈夫だよねというふうにうなずいた。

鮫蔵の下っ引きらしい。いつも康四郎といっしょにいる若者ではなかった。

「いまは二階でやすんでいるのですが」

「では、ちょっとだけお見舞いを」

かな女は小さく会釈し、ゆっくりりと階段を上って行った。

五

「さっき、入江かな女さんがお見舞いに来てくれました」

と、鮫蔵の女房から告げられたとき、藤村は激しく狼狽(ろうばい)した。

——しまった。

おいらはこれをやらかす。同心のころもそうだった。同僚たちとくらべると、手柄は多かった。大物を幾人もつかまえた。だが、失態も多かった。差し引きすれば何もなくなってしまうくらいだった。油断。うっかり。相も変わらぬぼけなすだ。

いくつになっても直らねえ。

　階段を駆け上がった。階段を上がった背中側の、部屋の真ん中に敷いてあった。女物のような赤い柄の布団。以前の鮫蔵が寝ていたら気味が悪かっただろうが、いまの鮫蔵はそうでもなかった。

　枕元に座った。すやすやと寝息が聞こえていた。無事だった。

「ふう」

　と、ため息をついた。

「どうかなさったんですか？」

　あとから来た鮫蔵の女房が怪訝そうに訊いた。

「いや。あの女も鮫に惚れたかと心配になっただけ」

　と、藤村は笑った。

　すぐに深川黒江町にあるかな女の家を訪ねることにした。

「ごめんよ」

　そう言って、玄関口を入ると、かな女は中にいた。何もせずに、じっと座っていた。

「あんた、鮫蔵に何かしようとしたんじゃねえのかい?」

上がり口のところに座って訊いた。

「魂をきれいにするという薬を飲ませようとしたのですが」

と、素直に答えた。

「薬?」

「でも、鮫蔵さんの寝顔を見たら、きれいな魂が見えたんです。不思議でした。げむげむの音蔵さんが言うような悪人には見えませんでした」

きれいな魂とまでは思えないが、穏やかな顔になってきていることは同感である。

「薬はどれだ?」

「これ」

と、目の前に置いてあった薬を指差した。

それを取ると、藤村は上にあがり、棚にあった金魚鉢の中にこの薬を入れた。ふつうの煎(せん)じ薬とは見た目からして思えない白い粉の薬だった。

金魚のようすを見つめた。

なんともない。元気に泳いでいる。

見つめていたかな女が、ほっとして言った。

「よかった」

やはり、疑っていたのだ。

藤村はしばらく考えてから言った。

「いや、最初はなんともねえ薬をよこすんだ」

「どういうこと？」

「それで安心させる。それで、何度目かに毒を渡す」

「まあ」

かな女は震えだした。

「あたし、駄目な信者です。まだ、げむげむを信じきれていないんです。信じきったと思うと、また疑いだす。やっぱりあそこは怖いところかもしれないって」

藤村は、迷いがにじみ出たかな女の顔を見て、

「そりゃあ、ゆっくり考えたほうがいい。むしろ、急に遠ざかっちゃ危ないぜ。あの薬も飲ませたって言うんだ。いいな」

と、言った。かな女の身の上まで危なくなってきそうだった。

「はい」

「ところで、このところ句作を怠っていて申し訳ない」

と、藤村は頭を下げた。なんとなく顔を出しにくくなっているのも事実だった。

「いいえ、発句は長い修業ですから、焦らずに。わたしもいい句ができません。もっと生々しい句が詠みたいんです。わびさびだけではなく、こころの叫びみたいなものを」

かな女はそう言って、吐きたいのを我慢するような顔をした。

「奈良屋が出家しただと？」

夏木が目を丸くした。

「そうなんだよ。これから、京に修行に行くからって初秋亭に挨拶に来たんだよ。もう頭も剃って、雲水姿だったよ」

「へえ」

三人はひさしぶりに〈海の牙〉にいた。このところ三人とも忙しく、なかなかいっしょに盃を傾ける暇がない。

店主の安治が、「ひさしぶりで」と、大きな金目鯛の煮付けをとんと三人の真ん中に置いた。煮込みすぎない味付けの、ぷりぷりした金目鯛の歯ごたえはなんとも言えない。

「奈良屋さんが初秋亭の仲間になりたいと言ったのは、口実だったんだな」

と、仁左衛門が言った。

「そうかね」

夏木が首をかしげた。

「最初から、おけいさんの旦那について調べてもらいたかったけど、そんなことを正面切って頼むのは恥ずかしかったのさ」

「なにせ、元とはいえ町年寄だものな。矜持(きょうじ)のほうも並の町人とは格がちがう」

と、藤村が言った。

「それでわざわざ初秋亭に入り込んでな。ご苦労なことよ」

と、夏木が笑った。

「回り道だよ。だが、回り道ってえのは大事なんだ」

藤村がそう言うと、夏木も仁左衛門も実感をこめてうなずいた。

「そうだな」

「まったくだよ」

「下手すると、人間てえのは回り道することでしか成長できねえのかもしれねえ」

藤村はそう言ったとき、長助と町を歩く倅(せがれ)の康四郎の後ろ姿を思い浮かべていた。

第三話　泥酔の嘘

一

じゅうじゅういいながら、脂がのった秋刀魚が出た。塩焼き。〈海の牙〉の安治はいろんな料理法を試みたりするが、やはりこれにかなうものはないと、三人の意見が一致する。秋の醍醐味である。

「うまいねえ、あんたには悪いが」

と、顔を出した安治に藤村が言うと、

「なあに、あっしだって自分で食うときは塩焼き一辺倒だもの」

「やっぱりそうか」

三人は笑った。

十日ぶりの〈海の牙〉。このところずっと忙しい日々がつづいて、ここで飲むときは心底ゆったりした気分になる。

ところが――。

「ところで、旦那たちに相談したいことが……」

と、安治が声をひそめた。

面倒なことはどこでも起きる。〈海の牙〉でも起きる。安住の地はどこにもない。

「どうしたい？」

と、藤村が酒の入った茶碗を持ったまま訊いた。

「じつは、この四、五日、毎晩、飲みに来る客がいるんですが、こいつがどうも変なんです」

「安治に色目でも遣うかい？」

「いや。ずっと酔っ払ったふりをしてるんで」

「ほう」

藤村は茶碗を置いた。目が真剣になった。

「酒を頼むがほとんど飲んでいないんでさあ。たまたま見かけたんですが、そっと下にこぼしちまうんで」

「もったいないなあ。こんなにうまい〈竹林〉を」

仁左衛門があきれ、

「そんな芝居をするくらいなら、それほど金には困っていないのだろうな」

と、夏木が言った。

だが、藤村はその意見には与しない。

「いや、もっと大きな稼ぎが見込めるのだったら、それくらいの金はいくらでもドブに捨てるさ」

「そいつは、武士か？」

夏木が訊いた。

「いえ、町人でしょう」

「飲み屋で酔っ払いのふりをして、得ることとなんかあるかね」

と、藤村が言うと、

「わかった」

仁左衛門が手を叩いた。

「なんだよ？」

「安治の競合相手なんだよ。どっかここらで飲み屋をやってるのさ。それで、てめえのところが流行らねえんで、酔ったふりをして、流行ってる安治の店の肴の技を盗んだり、ここの酒は悪酔いするなどと言いふらしたりするのさ」

「なるほど。そいつは面白え」

藤村と夏木はうなずいたが、

「七福堂の旦那。そいつは外れだよ。このあたりの飲み屋のおやじはほとんど知ってるが、あんなやつはいねえ。それに、そいつはいつも身体から泥鰌の匂いがするんです。だから、泥鰌とりか、あるいは店で泥鰌を裂いてるか、どっちかだね」

安治は匂いだけでも魚の種類がわかるくらいなのだ。

「ほう」

三人は納得した。

「あ、来ました。あいつです」

安治が目で男を示した。

歳は四十くらいか。小柄だが妙に足が長く、腰の位置が高い。ふらふらしているが、ちゃんと立てばすっとして見えるのだろう。

千鳥足で入って来るが、あれも芝居ではないか。

入り口に腰掛用の樽が転がっていたのを、うまく避けた。

「ほろ酔いでもねえな。酒は一滴も入れずに、へべれけのふりをしているだけだ」

と、藤村は見た。

「そうでしょう」

「なんのためだろうな」

「まさか、仇持(かたき)ちじゃねえかって思ってるんですよ」

「なるほど、仇討(あだう)ちか。大石内蔵助(おおいしくらのすけ)もずいぶん酔っ払ったふりはしたらしいからな」

「ここに、四十七士がぞろぞろ勢ぞろいしたら、見ごたえもあるだろうね」

　と、仁左衛門が嬉(うれ)しそうに言った。

「冗談じゃねえ。ここで仇討ちを始められたら大変ですので、そいつがいちばん心配なんですよ」

「常連で仇持ちらしいのはいるのかい？」

　と、藤村が訊いた。

「いるんです。やたらとびくびくしているのが。あいつが仇討ちの出現に怯(おび)えているんじゃねえかと」

「鉢合わせはしてねえのか？」

「ええ。それがちょうどすれちがいになっていて、まだ鉢合わせしてないんです。そのときが怖ろしいんで」

「仇討ちねえ」

奉行所には仇討ち帳というのもあったが、言われるほどは多くない。しかも成功することは滅多にない。

「だが、もしも本当に仇討ちだとしても、わしらに何ができる？　そこまでの決意をひるがえしたりすることはないだろうし、だいいち、知り合いでもないわしらに、そんなことを打ち明けるわけがない」

夏木がそう言った。

「せいぜい、よそでやってくれって頼むくらいだね」

仁左衛門が言うと、

「それもまぬけな話だわな」

藤村が苦笑した。

「いつもあそこに座るのか？」

と、夏木が訊いた。男は外が見える窓際に座っている。

「そうとはかぎりませんが、あまり奥には行きませんね」

「いつも、この時刻に来るのか？」

「ええ、だいたい早い時刻に来て、四半刻ほどいて帰ります」

三人は飲みながら、この男のようすをうかがった。

唄をうたったりして、酔いつぶれたふりをしたりするが、とくにおかしなふるまいはしない。他人にいちゃもんをつけたり、話しかけることもない。そこらのものをそっと懐に入れたりもしない。

むしろ、おとなしい客である。

安治の言ったとおり、四半刻ほどいて、店を出て行った。

永代橋を渡って行くらしい。川向こうから、わざわざこっちに飲みに来るのはめずらしい。

橋の周囲は夜霧が這い出してきていて、男の姿はすぐに見えなくなった。

「藤村さん。あとをつけるかい？」

と、仁左衛門が訊いた。自分も行くつもりになっているらしい。

「ううむ」

藤村は迷った。

殺気のようなものはまるで感じない。武芸を学んだような身のこなしもない。せっかくのいい酔い心地を、醒ますほどのことはなさそうである。

「ま、いいや」

と、藤村は笑った。

「いいねえ、康さん。つくづく似合うね」

　と、長助がからかうように言った。

「そうかい」

「まさに大店(おおだな)の若旦那(わかだんな)だ」

「それって馬鹿っぽいってことかよ」

「そう見せてんだろ」

「そんなつもりはねえんだよ」

「そりゃあまずいよ。自然にそう見えるんじゃ」

　二人で面白そうに笑った。

　康四郎は髪を町人ふうにし、着物はぞろぞろと長くして着ている。羽織もまた、やたらと長い。隠密(おんみつ)同心が使う変装用の羽織と着物を借りたのである。

　刀は差さず、十手を背中に隠した。

　長いきせるでタバコを吹かす。煙がぷかりと浮かぶのを見ると、のんきな気分になる。

　長助のほうは遊び人ふうにしている。

もともと十手は持っておらず、隠すものはない。ただ、格闘のときにそなえて、小石を二つ、持ち歩いている。そんなものは使わなくても、長助は喧嘩はやたらと強いのだが。

前に小梅村にある三囲稲荷の境内で、男が頭に五寸釘を打たれて殺されたことがあった。下手人があがらずじまいになっていたこの事件を追ううち、貫太郎という紙問屋の若旦那が浮かび上がってきた。

以前はちゃらちゃらしたどうしようもない若者だったのが、病気をしてから真面目なところが出てきた。

それは結構なことだが、言うことは神がかりのようになった。親は息子が真面目になって、逆に心配している。

もっとも昔の友だちと完全に縁を切ったわけではなく、適当には付き合う。だが、神がかりの説教をされるので、皆、遠ざかりつつある。そこに食いついた。

説教に耳を傾ける若旦那と遊び人が、康四郎と長助なのである。

今日は貫太郎に誘われ、上野の寛永寺に来た。ここで、げむげむのありがたい説教を聞くことができるという。

「康さん、あいつ」

長助が寛永寺の裏手のほうから来た大男に視線を向けた。

「ああ、音蔵ってやつだ」

げむげむの幹部である。こいつは、信者たちの前にいちばん姿を現わす男だった。

「始まるぜ」

「ああ、行こう」

康四郎と長助は、若旦那の貫太郎の後ろから人だかりに近づいた。

げむげむには、大きな集まりは滅多にない。が、たまに集まるときは、神社や寺の境内を利用している。天照大神(あまてらすおおかみ)やお釈迦(しゃか)さまの膝元(ひざもと)で、別のげむげむの教えを語る。

そのとき、幹部が信者たちの悩みをくわしく訊く。それで、叶(かな)えてあげられるものは幹部たちが自らの手で叶えてあげるのだ。

最初に、信者の一人の願いが叶ったことが報告され、その信者からくわしい話があった。自分のそば屋を出すのが夢だったという男である。とてもその夢は叶いそうもなかったのに、げむげむを拝みはじめたら、助けてくれる人が現われた。資金も何もなかったのが、店を貸してくれて、家賃は儲(もう)けが出はじめるまで待ってくれるという。

「げむげむを拝みはじめたら、急に運にめぐまれたのです。あたしはもう、一生、げむげむを拝みつづけます」

とのことだった。

――その、店を貸してくれたってのもげむげむなんだよ。

と、康四郎は内心で毒づいた。

それから幹部数人が人だかりの中に入り、それぞれの悩みを訊きはじめた。

康四郎と長助の前には、坊主頭のひょろひょろした男がやって来た。

「悩みがあるんだってな？」

「ええ。店なんざ継ぎたくねえんですが、おやじが店のことをやれとうるさくてしょうがねえんで」

「あんたは何をしたいんだね？」

「あっしは戯作者になりたいんですよ。満天下の娘っこどもをハラハラドキドキさせるような、面白え戯作を書いて、人気者になりてえんで」

康四郎は、頭を振りながら嬉しそうな顔で言った。言ってるうちに、自分の本当の望みのような気もしてきた。

「悩みというのはそれか？」

「ええ、ええ。まいっちまってんで。あたまい、大蔵」

康四郎がくだらないダジャレを言うと、坊主頭の男は馬鹿にしたような顔で長助のほうを向いた。

「お前の悩みはなんだ？」

「親の仇を討ちたいんです」

「なに、親の仇？」

坊主頭の男の顔が輝いた。

「はい。おやじが誰かに腹を刺されてずっと寝たきりになっちまって」

「相手はわかってるのか？」

「それははっきりしねえんです」

「そうか。わかったら必ず言うのだぞ。げむげむさまが助けてくれるやもしれぬ」

「教祖さまにもお願いしたいんですが」

「教祖さまはお姿を見せることはない」

「そうですか」

と、長助はがっかりしたようにうつむいた。

当代の教祖は説教にもあまり出てこない。説教に登場するのは、たいがい初代さまのことである。

坊主頭は次の信者のほうへと近づいて行った。

二

翌日――。

安治に頼まれて、店を開けて半刻だけでも、三人でようすを見ることにした。仇討ちは考えられないが、しかし、何があるのか見当がつかない。

店を開けてすぐ、またもあの男はやって来た。今日もへべれけに酔ったふりをしている。

動きがあったのは、四半刻ほどしてからだった。

小松菜とネギを卸にきた娘が、この贋の酔っ払いを見て、

「ちょっと、おじさん」

と、話しかけたのである。

「なんだよ、おめえ、見たことがあるな」

「いいから、外に出て」

と、引っ張り出された。

藤村たちは窓から外を見た。すぐ近くにいるので、声は全部聞こえる。

「まだ、酒を飲んでるんだね」

「飲んでなんかいねえよ」

身体をぐらぐらさせながら、男は答えた。わざとらしい芝居である。

「うむ、飲んでおらぬぞ」

と、こちらで夏木が言ったので、

「駄目だよ、夏木さま」

仁左衛門が笑いながらたしなめた。

「そんなへべれけになるほど飲んでるんじゃないの」

「飲んで悪いか」

「悪いよ」

「そうかあ」

と、にんまりした。どうも心配してもらって嬉しいらしい。

「約束して。もう飲まないって」

「約束する」

「あたし、自分のおとっつぁんが大酒飲みだったらしいから、酒で身を持ち崩す人を見ると、たまらない気持ちになるんだよ」

「そうかい、そうかい」

と、ますます嬉しそうである。

「似てるな」

じっと見ていた藤村が言った。

「え?」

夏木と仁左衛門が藤村を見た。

「あのおやじと娘は」

「そうかね」

夏木はあらためて男と娘を見くらべた。

「似てる。顔はあまり似ていないが、身体を見てみろ。ほら、膝（ひざ）から足首までのかたちや、肩が丸まった感じとか……」

「なるほど、ほんとだのう」

「じゃあ、じつの娘なのかい。名乗ればいいじゃないか」

と、仁左衛門が怒ったように言った。

安治も藤村たちのそばに来ていた。

「よう、安治。あの娘はしょっちゅう来るのかい？」

「ええ。三日に一度ほど、小松菜やネギなど野菜を持って来るんです」

「ほう。やっぱり小松川村あたりから来るのか」

小松菜というのは、そもそも江戸近郊の小松川村でつくられた野菜であることから名づけられた。

「そう。あのあたりから来てます。素直ないい子ですよ。勝気だが、あんなふうにやさしいところもあるし」

「まあ、あんたが心配したようなことは起こらねえな」

藤村がそう言うと、安治も安心したようにうなずいた。

と、そこへ——。

酔っ払いのふりをした男のわきをすり抜けて、おどおどした表情の男が店に入って来た。

「あ、仇のほうだと睨んだのが来ました。どうやら、ただの気が弱い男だったようです」

「なにが仇討ちだい」

と、仁左衛門は笑った。

寿庵は小僧を連れ、谷中の善光寺前町の家を出て、蔵前へと向かった。五日に一度、蔵前の札差の山城屋の診療をしている。そこから浅草周辺の患者を一回りしてくるつもりだった。

昨日は上野の寛永寺の隅で、音蔵と元僧侶の全暁と会った。二人ともげむげむの幹部で、十日に一度は会ってさまざまな打ち合わせをした。音蔵は鮫蔵のことをずいぶん心配していたが、あの男はもう回復は難しいのではないか。

怖いのはむしろ、初秋亭の連中かもしれない。とくにあの藤村慎三郎は後ろに八丁堀がいる。

この前、藤村が谷中の家の近くに来ていた。

あれは、わたしの新しい住まいを見に来たのだ。あまりにも慌ただしく深川の家を引き払ったので、何か感じ取ったのかもしれない。

現役のときから、独特の勘働きがある同心という評判があったらしい。

鮫蔵のあのようすでは、はっきりした意識があるとは思えないが、藤村が何かをつかむ恐れもある。

――追いつめられつつあるのか……。

げむげむはこの五年でずいぶん信者を増やした。それでも、世直し一揆ができるほどには多くない。

世直しの大鉈を振るえるまでにはあと何十年もかかるだろう。

――もはや、これまでなのかもしれない。

多くの人を悩みから救い、人々の災いとなる者を成敗してきた。かなりのことはやってきたはずである。

わたしができるのはここらまでかもしれない。あとは蒔いた種が育ってくれるのを期待するしかないのだろう。

もしもげむげむの罪が明らかになる日が来れば、それはぜんぶ自分がかぶるつもりである。端からそのつもりだった。

山城屋に着いた。

奥の部屋には通されたが、当人はなかなか来ない。これもいつものことだった。

四半刻ほど待たされたあと、

「待ったか」

ひと言の詫びもなく現われ、どかりと座った。

「では」

と、いつものように瞼（まぶた）をめくり、舌を見、喉（のど）の奥を見ようとしたとき、

「寿庵、待て」

「はい？」

「喉を見るときは、これを使ってくれ。お前の、誰に使ったかわからぬような匙（さじ）は使わなくてよい」

と、失礼なことを言った。医療の道具は使いまわしなどしない。ちゃんときれいに洗っている。

　山城屋が渡したのは、金の匙である。

「もちろん純金だぞ。わたしの喉を見るための道具としてつくらせたのだ」

「ほう」

　感心したふりをして、呆（あき）れた。なんとくだらない贅沢（ぜいたく）なのか。

　もっとも、こっちもこの男の薬に、ウグイスの糞（ふん）を入れておいてやった。お返しはしたようなものである。

「では、横になってもらいますか」

「うむ」

と、山のような巨体を横たえた。

鍼はちゃんとツボに入れる。効果はすぐに出る。このため、信頼は失わない。

だが、薬はでたらめである。だから、よくなるわけはない。多額の治療費をぶんどることができる。貧しい信者たちに分け与えるための大事な寄付金。

だいたいが、この男の病は、食べすぎと駕籠にばかり乗ることからくる贅沢病なのだ。自分で自分の身体を痛めつけているだけで、治してやる価値もない。

全身の鍼治療を終え、効きもしない薬を山ほど渡したとき、

「旦那さま。尾上さまが」

と、手代が声をかけた。

「うむ。すぐ行く。じゃあな、寿庵」

「はい。お大事に」

寿庵は何食わぬ顔で席を立った。

尾上という男は知っている。以前もここでいっしょになったことがあり、ちらりと話を盗み聞きした。ひと月ほど前、

「赤い猫を呼ぶしかないな」

そう言ったのを聞いた。

赤い猫とはなんだろう？　すぐに火付けのことだと気がついた。

幕臣にもげむげむの信者はいる。あらためてそっちから聞いたところでは、尾上はおそらく勘定方の尾上三樹之助。悪徳商人と結びついて、いろいろ評判の悪い旗本だという。

こいつらが、さらに木場の材木屋あたりとつるんで材木を買い占め、それから火事を出そうとしているのだ。

江戸はまた焼け野原となり、こいつらが私腹を肥やすのである。

たまに焼いて、金の回りを活発にするのもいいかもしれない。だが、それは人の命が失われることなく、しかも弱い者が路頭に迷う心配がなければである。損をするのは弱い者のほうなのだ。

あいつらをこのままにしておけない。

――およう。助けてくれ。

およう がうなずいたのがわかった。

三

三日後――。

仁左衛門は〈海の牙〉で夏木が来るのを待っていた。

夏木に奥方の志乃のようすを教えてくれと頼まれたのだ。

女たちのところに気軽に顔を出せるのは、商いのほうもからむ仁左衛門だけである。

女たちは、初秋亭の面々に負けないほど、いや、それを上回るほどの大忙しだった。

新しい匂い袋をつくった。いままでの匂い袋がもっぱら男の気を引くことを目的にしていたのとちがって、自分のための匂い袋になっていた。匂いの質がちがう。これはおだやかで爽やかな匂いである。嗅ぐことで、落ち着いた清々しい気分になれる。

香道の師匠でもある加代が考えた。

ためしに七福堂に置いたら、爆発的に売れた。しかも、大きな小間物屋が、次々にうちにも置かせてくれと言って来ている。

志乃はそうした注文の相手をし、こちらに有利になるような契約を結ぶ。

ちょっと前まで、全盛時の七福堂と売上が並ぶかもしれないと言っていた。とんでもない。全盛時の一年分を、女たちはひと月で超えようかという勢いだった。これをつくるためのお針子も足りなくて、あと三人ほど補充するのに、志乃たちは今日も面接をしていたのだった。

夏木も頭をかかえるにちがいない。

「このところ、さっぱり相手をしてくれぬ」

と、愚痴っていたくらいである。

仁左衛門だって諸手(もろて)をあげて大喜びしてるわけではない。調子に乗って突っ走ると、商売には落とし穴も多い。ある程度は突っ走っても、慎重な対策も講じておかなければならない。商売の素人である女たちに、それができるのか。

そこに、酔っ払ったふりをするあの男が入って来た。今日はほかに席がなく、たまたま仁左衛門の近くに座った。

「もう、やめなよ。酔っ払いの真似は」

仁左衛門の口調は、考えていたことの余韻ですこし厳しいものになった。

「え」

「店の連中もみんな勘づいている。酔っ払いの真似ってえのは、かんたんに見えて意外と難しいのさ」

「…………」

「あんた、名前はなんてえんだい？」

「のぶ助」

「遊び人でもないだろ」

「ちゃんと商売をしてるよ。築地の鉄砲洲橋のたもとで泥鰌屋をやってる。使用人もいるぜ。ここにはほんの一時、出て来るだけだよ」

泥鰌屋というのは安治が睨んだとおりだった。

「あの子は、じつの娘だろ」

「え。それもお見通しかい？」

「ああ」

「もしかして十手者ですか」

のぶ助がおずおずと訊いた。

「そうじゃないが、身体つきがそっくりだもの」

「そうなのか……」

「娘に説教されて、嬉しそうにして」

「ああ。意外といいもんなんだぜ」

「名乗ればいいじゃないか」

「それはもちろん、名乗れないわけがあるんですよ」

「どういう？」

　答えは期待しなかったが、のぶ助は意外と素直に語りだした。

「われながら、ひどい親だったよ。三年間ほど小松川村にある家を出て、別の女と暮らしているうち、女房はあっしの知り合いの大悪党とくっついちまったのさ」

「知り合いの大悪党？」

「そう。賭場で知り合い、一、二度、家に泊めたりもしたんだ。それもあっていつの間にか転がり込んでいたってわけさ。そいつの正体はよく知らないが、野郎はただのワルじゃねえ。迫力がちがうし、大金を持っているのを見たこともある」

「そのままにしといたのかい？」

「そうじゃねえ。野郎が外に出たところをつかまえて、ひどいじゃないかって文句を言った。すると、てめえ、三年もうっちゃっといて何を言える。もう、おめえは必要ねえ。二度と顔を見せるなと」

「そりゃあ、向こうにも言い分はあるな」

「せめて娘に会わせてくれと言ったら、おめえの顔なんざ忘れた。うだうだぬかすとぶっ殺すぞと、本当に刺されそうな剣幕だった」

「それで？」

「あっしも馬鹿だったと猛烈に反省し、どうにか酒もやめた。もともとあそこらの泥鰌をとって町で売ったりしてたので、泥鰌の開きの串焼き（くしや）を始めたら、これが大当たり。小さいが、自分の店も持てた」

「頑張ったじゃないか」

「ああ。それから二年、娘のおひさのことはときおり見守ってきたが、最近、小松菜やネギの卸をやらされている。つらい思いをしてはいないか、気になってね」

「なんでわざわざ酔っ払ったふりなんかするんだ」

「前に酔っ払いにやさしくしているところを見たんだよ。そうしたら、自分もあんなふうにされてみてえって思いまして。じつの娘に。馬鹿な親ですよね」

「ほんとに馬鹿だな」

仁左衛門も呆（あき）れた。だが、愚かなのはみな、いっしょのような気がする。

「でも、あっしが名乗れば、おひさはそのことをいまのおやじか、母親に言うだろう。そうすると、くわしい素性までは知らなくても、ろくな者じゃないことは知っているおれを殺そうとするか。下手すると、女房や娘まで殺してしまうかもしれない。とにかく、あいつの怖さは、いっぺん睨まれてみねえとわからねえよ」

ぶるぶる震えだした。それくらい怖いらしい。

「あっしは、どうしたらいいんだろうね」

すがるように訊いてきた。

藤村は今日も鮫蔵を外に連れ出し、いっしょに堀っぱたを歩いた。

歩くというのは身体にいいことなのだと、鮫蔵を見てつくづく実感する。徐々に足元がしっかりしてくる。歩いたあとは、顔色もよくなっている。しかも、景色や風、外の匂いがぼんやりしている頭を刺激してくれる。

鮫蔵は、顔はおだやかなままだが、目に光がもどってきている。

黙って遠くを見つめているときの目が、ひと月前とはまるでちがう。

——もしかしたら、地蔵の権助はこういう感じの男だったのではないか。

と、藤村は思った。鮫はまさに地蔵の愛(まな)弟子だったのか。

そば屋の前に来た。

「たまには、そばでも食おうぜ」

「ん……」

のれんを分けた。

鮫蔵の顔を見ると、そば屋のおやじはぎょっとし、それから何度もさりげなく鮫蔵を見た。

最初はさんざん脅されたころの怖さでぎょっとし、それからあまりにもやつれたのに驚いて見ているのだろう。

「なんにする?」

「天ぷらで」

ちゃんと高いものを頼んだ。酒をつけないだけ殊勝である。

「なめるなよ!」

店の隅で、ふいに大声がした。

ほかの客は身を固くした。

「何人動いたと思ってるんだ。ここが深川だからって、芝の五郎吉一家をなめんなよ」

「いえ、なめるだなんて……」

ヤクザ者らしいのが、町の者を脅していた。もっとも、町の者もヤクザに何か頼みごとをしていたようで、あまりほめられたものでもない。

それを見ていた鮫蔵は、つい立ち上がろうとした。だが、身体はまだ言うことを聞かない。ふらりとしてしまう。

それでも、こころは反応したのだ。町のいざこざに、深川のもめごとに、鮫が気配を感じ取ったのだ。泳いで行ってぱくりと大口を開ける日は、必ず帰って来る。

たいした騒ぎにはならず、二人は外に出て行った。

礼金の折り合いがついたのだろう。

藤村と鮫蔵もそばを食い終えて、外に出た。

ゆるゆる歩いて近くの神社の境内に入った。小石を踏む感触が心地よい。足の裏のツボを押されるような気がする。

狛犬（こまいぬ）。柱の獅子頭（ししがしら）。賽銭（さいせん）箱。頭上の鈴。鮫蔵は一つずつ見ていく。ときどき考え込んでいる。

藤村は口を出さず、黙ってそんなようすを眺めた。

鮫蔵がこっちを見た。

「何か思い出したみてえだな」

「ああ」

「刺されたときのことかい？」

「……言いたくねえ」

「まあな。言いたくねえこともあるからな」

藤村はしつこく訊かなかった。

四

初秋亭の庭の草花が、秋の風に揺れている。ここは二階からの景色もいいが、一階の庭のつくりもおつである。

もともと野趣を狙っているので、すこし手入れを怠っていても自然とおもむきが出る。

ススキの穂群が薄茶色に色づいている。吾亦紅(われもこう)の赤い粒状の花がかわいらしい。黄色く染まっている一画は、女郎花(おみなえし)の花々だった。

仁左衛門が淹(い)れた茶をすすりながら、

「へえ、そこまで訊き出したのか。たいしたもんだのう」

と、夏木は言った。結局、ゆうべ、夏木は急な用事で〈海の牙〉に来ることができず、屋敷の中間が詫びを伝えて来たのだった。

そのため、いま、昨日ののぶ助の話を披露したのである。

「なあに、夏木さまがいてくれたらもっとくわしく訊き出せたんだが」

「そんなことはない。仁左一人だけだったから話したのだろう」

世辞ではない。仁左衛門にはつい秘密を相談したくなる気安いところがあるのだ。

「だが、その大悪党というのは誰なんだろう？」

と、藤村が言った。

「さあ、くわしいことはわからないのか、言いたくないのか」

「そいつの家は訊き出したんだな？」

「ああ。図面にも描いてもらったよ」

中川のそばだった。船着場が近く、もともと裕福な農家だったらしく、あのあたりでは目立つほど大きな家らしい。

「見に行くつもりかい？」

と、藤村は夏木と仁左衛門に訊いた。

「いちおうな。わしらが見てもわからんだろうが」

「おいらもたぶんわからねえぜ。こっちのほうはほとんど担当してねえからさ。だが、鮫蔵なら知ってるだろうな。連れてくか」

「鮫蔵をか？」

「ああ」

「行けるのか？」

「かなり身体もしっかりしてきたしね。小松川村あたりなら大丈夫だよ」

それについて、〈海の牙〉に集まり、打ち合わせすることにした。鮫蔵も自分の店である〈甘えん坊〉ではたまに飲むようになったが、そろそろほかの店にも慣れたほうがいい。

「仁左、のぶ助は行かないのか？」

「駄目だね。すっかり怖がってしまって、近づきたくないんだそうだ」

「じゃあ四人だ」

「だが、藤村、四人でぞろぞろ行くのは目立つのではないか」

「いや、逆にそのほうがいいんだよ。むしろ、一人でじっと見張っていたりするほうが警戒される」

「そんなものかもな」

「釣竿は忘れねえようにな。見張りにはあれがいちばんだ。すぐには近づかず、釣り場を替えるようにじわじわと近づこうぜ」

　ということになった。

　そのあいだ、鮫蔵はひと言も口をきかず、すこしずつ酒をなめるようにすすっていた。なんだかまた、もとのぼんやりしたときに戻ったような顔つきだった。


　当日──。

　天気は快晴。悪党の見張りには勿体ないくらい、きれいに晴れ上がった。

　小名木川をまっすぐ東に。運河だから一直線である。

　そこは中川に出て、すこしさかのぼったところだった。

　馬小屋とくっついたかやぶきの大きな家で、女二人が庭で豆の皮むきをしているようだった。

　藤村たちはすぐには近づかず、半刻ほどしてのろのろと釣り場を移した。ここまで来ると顔もよく見える。

　女たちが家の中から声をかけられたらしく、振り向いて何か答えた。すると、男が出て来て、豆をつまんだりした。女たちの顔つきはさっきより硬くなっている。

男はちらりとこっちを見たが、とくに怪しんだようすはなさそうである。

「あいつだ。知らねえか」

藤村は鮫蔵に訊いた。

鮫蔵は元気のない顔で、もう一度、ちらりと見た。

「どうでえ？」

「雉の次郎八」

と、ぽつりと言った。

「あいつが……」

山道で雉に出くわすと、いきなりばたばたと飛び立つので、ぎょっとさせられる。

夜中にひそんでいた次郎八がいきなりばたばたと逃げ出したことがあり、以来、捕り物の関係者のあいだで〈雉の次郎八〉と呼ばれるようになった。巷の人たちから自然に出てきた通り名ではない。

けっこうな大物である。

いままで二度、永代寺門前町の大店が次郎八に襲われ、合わせて三千両は盗まれている。手代も一人、殺されていた。

「それと〈海の牙〉におどおどした顔つきの男がいただろ。あれが雉の次郎八の右腕で、仙六って野郎だよ」

「だから、おめえ、あいつに顔を見られねえように、ずっとうつむいていたのか」

「そういうこって」

と、鮫蔵はかすかに笑った。

どうやら、雉の次郎八は大仕事をたくらんでいて、仙六を呼び寄せていたらしい。仙六は細心で、こまかいところまで目配りする。次郎八の度胸と、こいつの細心さで、数々の悪事を成功させてきたのだった。


捕り物はすんなりいったらしい。

藤村たちはその一部始終を、翌日、隣りの番屋に立ち寄った康四郎と長助から聞いた。

本所深川を担当する菅田万之助を、見習いの藤村康四郎が助け、さらに長助たち鮫蔵の下っ引きたちも三人ほど出た。

先に〈海の牙〉で仙六をつかまえ、のぶ助のところにいるのが次郎八であることを確かめた。

仙六はすぐに吐いた。

なんと、〈海の牙〉と背中合わせにある永代橋わきの海産物問屋〈津軽屋〉に押し入るつもりだったという。

その足で小松川村に向かい、寝入っていた次郎八を布団ごとぐるぐる巻きにした。

「あんまりぐっすり寝ていたので、そのまま簀巻きに」

と、康四郎は面白そうに笑ったものである。

その数日後——。

のぶ助が、自分で焼いたという泥鰌の開きを串焼きにしたものを持って、〈初秋亭〉に礼を言いに来た。ここは、安治に訊いたらしい。

藤村は鮫蔵のところに行っていないが、夏木と仁左衛門が相手をした。

ところが、のぶ助の顔色は冴えない。

「どうした？　ひさしぶりに娘からやさしくされながら、あの家で暮らしはじめたんだろう？」

と、夏木が訊くと、

「とんでもねえです」

のぶ助は憮然としている。

雉の次郎八がつかまったあと、顔を見せたのぶ助は妻と娘にさんざんになじられた。二度と顔を見せるなとまで言われたらしい。

「あんたが甲斐性なしだから、わたしらだってとんでもない男にだまされ、こき使われていたんだろうが」

と、女房が喚き、

「酔っ払いのふりして近づきたかったなんて信じられない」

おひさもむくれた。

「そりゃそうだよ」

と、仁左衛門は言った。

「難しいものですねえ、人生ってのは」

「当たり前だよ。さんざんひでえことをしてきて、おやじと名乗れば全部、許されるなんて思うのがまちがいだ」

「そうですかねえ」

のぶ助はまだ納得がいかないらしい。

「のぶ助は心根を入れ替えたのだろう?」

と、夏木が訊いた。

「そりゃそうです。酒だってきっぱりやめてるじゃねえですか」

のぶ助は胸を張った。

「だったら、あとは泥鰌屋を繁盛させながら、誠意を示しつづけるしかないだろうな」

「通じますかね」

「それはわからぬ。誠意というのは通じぬことのほうが多いからな」

夏木につづいて、仁左衛門も、

「そうそう。通じるとわかっていて示すんじゃ単なる取引きで、通じなくても示すのが誠意ってもんだろうよ」

と、言った。

のぶ助はすっかり意気消沈しているが、夏木と仁左衛門は内心、許される日は遠くないと踏んでいた。

五

鮫蔵が裏の庭で近所の子どもと遊んでいた。五歳くらいの男の子で、この前も来ていた気がする。

庭の木ざわざわ　鬼さん来てる
ほおずき食べたか　お口が真っ赤
お月さま見てた　鬼さん食べた
なになに食べた　お星さまおぉこった

わらべ歌らしい。最後の「おぉこった」は、怒ったの意味なのか、落っこったなのかはわからない。鮫蔵もいっしょに口を動かしている。

鮫蔵がそんなものを知っているのは意外だった。

ふと、こっちを見て、嫌な顔をした。

「なんだ、来てたんですかい」

「ああ」

「まずいところを見られちまった」

「なあに、気にするな。おいらだって倅が小せえころは歌ったもんだぜ」

藤村はそう言って、縁側に腰をおろした。

目の大きな、かわいい子だった。ただ、足がちょっと悪いらしく、歩くとき引きずるようにした。

「おめえ、子どもをつくればよかったのに」

と、藤村はその子を見ながら言った。

「あっしが」

「そうだよ。いまからでもどうでえ？」

藤村だって頑張ればなんとかなるかもしれない。鮫蔵なら楽勝だろう。

「冗談言っちゃいけねえ。だいいち、育てかたがわからねえ」

「うっちゃっといても育つもの……でもねえか」

人の子は馬や犬などの生きものとちがって厄介である。産まれた日から歩きだしたりする生きものの子とくらべて、人の子は歩くのにさえ一年以上かかったりする。そのほかにも、言葉やら、いろんな決まりごとなども教え、飯を食っていくのに必要な知恵や手わざも叩(たた)き込まなくてはならない。

うっちゃっといたら育たないのが人の子なのだ。

「しかも、人ってえのは必ず幸せにできるとはかぎらねえ。むしろ逆でしょうよ」

「そうだな」

「しょせんは強いものが勝ち残る。生きものだって人だって、弱い者がとって食われる。だから、親は勝て、勝てとけしかけなくちゃならねえ。弱いと強い者に食われっちまうぞと」

どう言いつくろっても、鮫蔵が言うのはこの世の真実だった。食われてしまった人間をどれだけ見てきたか。罪を犯した人間にも、そうした人間は山ほどいた。むしろ、大半が食われたほうの人間だった。

「勝てりゃいい。だが、勝つことは少ねえ。親は乏しい経験から得た勝つための策をさずけようとするが、無理を押しつけたり、とんちんかんだったりする。子どもが望まねえ策を、そいつのためだと思って必死で与える。あげくは縛って、逆に苦しめる。それが親と子ってもんでしょうが」

「まったくだな」

康四郎の子育てを振り返ってもそう思う。夏木さんも仁左衛門も、それには首を縦に振るはずである。

「それでも子どもをつくりますかい？」

と、鮫蔵は笑った。

こいつもおいらと同じ型の人間なのだ、と藤村は思った。孔子（こうし）さまのきれいごとが身につかねえ。どうしたって裏をのぞいちまう。変わり者ですましてもらったほうがありがたいという人間。

「つくっちまうんだよ、鮫蔵」

と、忸怩たる思いで藤村は言った。

「旦那もですかい」

「ああ。それで、いろいろ苦労するうちにこの世のしかけもだいぶ見えてくるんだが、そんときはもう遅いわな」

「気づくだけ立派でさあ」

と、弱っている鮫が慰めてくれる。

「おめえは早くから気づいたんだろ」

「あっしの場合はわけありですからね」

地蔵の権助の女房は、鮫蔵は過去の罪に怯える死にたがりだと言っていた。そこらのことがそのわけというやつなのか。

それにしても、鮫蔵の頭は回っている。身体のほうがまだいくらか元気がないだけで、頭のほうは元のとおりのなめらかさだ。

子育ての話はいずれまたにしなければならない。

回っている頭には、急いで訊くべきことがある。先手を打つために。

「鮫蔵。おめえを刺したやつの話だ」

「ああ……」

「おめえが言いたくねえ気持ちはわかる気がする。自分でも信じたくねえからだ。納得がいかねえからだ」

「え……」

　鮫蔵は驚いた顔で藤村を見た。推測は当たっているらしい。だが、直接、こいつの口から聞かなければならない。影をはっきり見えるものにしなければ、縄を打つことはできない。

「言ってもらいてえんだ。いま、倅の康四郎と、おめえんとこの長助が、げむげむを追ってるんだ。長助あたりはおめえの仕返しをするつもりになってるんだろうな。だが、おめえの口をあと一歩でふさぐことができたほどのやつらだ。あんなひよっこたちに太刀打ちできるわけがねえ」

「駄目だ、追うのをやめさせるんだ」

「いや、やめねえよ。あいつらは」

　若い者はやめないのだ。

　そして、やめてなんかいたら学べないのだ。

「長助なんざガキだ」

「康四郎もさ。おいらだって、倅の手助けなんざしたくねえんだ。あいつが望んでいるかどうかもわからねえし、かえってとんちんかんなのかもしれねえ。それでも鮫蔵、見過ごしにはできねえだろ。一太刀入れさせろよ、おいらによ」

藤村は強い目で鮫蔵を見た。

「信じられなかったんでさあ」

と、鮫蔵が言った。

「あっしみてえな糞ったれがやらかすならわかります。なんであの人が……。目を疑いました。いまだって、半分は信じられねえ。あの人があの場にいたんです。雨がざあざあ降りしきるあの夜の中に。だが……」

「だが、どうしたんでえ?」

「あっしには、あの人を追いつめる資格はねえ」

「鮫蔵。寿庵なんだな」

「ええ」

疑っていた男の名を出した。

「教祖なのか、やつが」

「はい」

鮫蔵は泣きべそをかいたような顔でうなずいた。

第四話　むにょろむにょろ

一

初秋亭の前の通りを永代橋のほうにすこし寄ったあたり、一軒の家の前に七、八人ほどの人だかりがあった。腕組みして考え込んでいる者も何人かいる。

通りかかった夏木と仁左衛門が足を止めた。

「どうしたんだね？」

と、近所の顔見知りに仁左衛門が訊いた。喧嘩（けんか）とか行き倒れといった物騒なものではなさそうである。

「昨日、開いたばかりのうなぎ屋がもうつぶれてるんですよ」

「え、このうなぎ屋が。うまかったよ、ここは」

仁左衛門は首をひねった。

昨日、腹を空（す）かして通りかかり、開店したばかりのこの店に入った。まだ、看板もできてなくて、屋号を訊いたら、若いあるじは思案中だと答えたものだった。

「なんだ、準備不足だな」と呆れたが、味のほうは素晴らしかった。うなぎはふっくらとして、タレも長い年月が育んだ複雑な味わいがあり、飯も申し分なかった。

深川の、しかもこんな海のほうに逸れた道に店を出すのは勿体ないほどの味だった。

「そうらしいですね」

「あまりのうまさに愕然としている客もいたほどだよ」

「へえ」

「つぶれたってことはないだろう」

「でも、ほら」

と、閉じた腰高障子を指差した。

貼り紙がある。

諸事情のため、閉店いたしました

「なんだろう」

「たしかに諸事情で閉店というのは、たいがいつぶれたということだな」

と、夏木が自信たっぷりに言った。

この夏木の言葉に、周囲の者もうなずきかわし、

「そうですよね」

「たった一日でつぶれたか」

「せっかく、これからひいきにしようと思ってたのにな」

「借金をしこたま抱えたやつが無理して店を出したはいいが、やっぱりつづかねえとなったのさ」

「そんな馬鹿な。あれだけ流行りそうな店だぜ。やればやるほど借金も返せるってもんだ。なんで夜逃げなんかしなくちゃならないんだ」

「それもそうだな」

「安すぎたんだ。あんだけのうなぎがあの値段で食える店はなかなかないぜ」

「この手のことは悪事の匂いがぷんぷんするね」

「そうかね」

「中で人が死んだりしてねえか」

「おいおい、のぞいて見ろよ」

「さっき見たよ。何もない。空っぽだよ」

どんどん人が集まって来て、勝手なことを言い合っている。だが、たった一日で夜逃げする店などは、そうそうあるものでもない。推測に値することではあるだろう。

と、そこに――。

「なんだな、たいそうな騒ぎになっているな。おや、初秋亭の旦那方まで」

派手な山吹色の着物を着た老人が声をかけてきた。

「ああ、山形屋のご隠居さん……」

以前、ほこりがもろこしから飛んで来るという珍説を述べていると話題になった人である。たいそうな金持ちである。なにせ、このあたりの表通りはほとんど山形屋の家作だと言われている。本業は日本橋に開いている茶飯屋で、そっちはそっちでかなり繁盛しているが、それよりもこの界隈であがる店賃の収入のほうが多いらしい。

「ここはあたしの娘の持ちものになってるんですが、娘も不思議がっている。そういえば、初秋亭の旦那方は謎解きの名人がそろっていると評判じゃないですか。なんとか、この謎を解いてもらえませんか？」

「謎？」

「ええ。たった一日でやめたわけ」

「そんなことは、山形屋さんが消えたうなぎ屋をとっつかまえて訊けば早いのでは？」

と、仁左衛門が言った。わきで夏木もうなずく。

「ところが、こっちに告げていた身元は全部でたらめだったんです」

「ほう。それなら、お上に頼んで探してもらわないと」

「お上に頼む理由がありませんよ。手付けの金も、前家賃ももらっている。急に出て行かれるのは困るけど、逆に早く埋め合わせをすれば、こちらは二重に家賃を取れるくらいだもの。やはり、初秋亭の旦那たちに出て来てもらわないことには、埒はあきませんな」

「だが、このところ依頼が多くてな」

と、夏木が言った。

これは嘘ではない。猫探しが評判になったと思ったら、あいついで五件ほど人探しも持ち込まれた。出て行った亭主を探してくれというような、あまり深刻な話は任でないと断わり、初恋の女を捜してくれという依頼を一件、引き受けた。夏木はいま、こちらにかかりきりだった。

「いや、お忙しいというのはうかがっています。こう言っては失礼ですが、謎を解いていただいたあかつきには謝礼として十両ほど進呈させていただきます」

「十両」

と、夏木は呆れた。

こんなむしろ他愛ないような謎解きに出す額ではない。十両がなくて首をくくる人間だっているのにと、夏木は内心、ムッとした。よほどそう言ってやろうかと思ったが、

「あいにく、わしらは金のためだけに働いているわけではないのでな」

と、結局は穏便な言い方で断わろうとした。

ところが――。

「いや、夏木さん。これはやらせてもらおうよ」

と、仁左衛門が言った。どうも使い道があるらしかった。

康四郎と長助は、今日もげむげむの集まりに潜入していた。

この日の集まりには下谷（したや）にある幸仙寺（こうせんじ）という大きな寺の境内が使われていた。

ここは菊の市が出たりするほど広い境内である。山門から本堂までは幅二間分ほ

ど、ずうっと石畳になっていた。四角に切り出した大谷石で、雨が降っても年寄りでも、足元の心配がなく、お参りができるほどである。

このひと月は寺にある秘仏のご開帳があり、かなりの参詣人が押し寄せている。

そのご開帳のどさくさにまぎれて、四十人ほどの信者がげむげむの説教を聞きに集まっていた。

「たいした図々しさだよな」

と、康四郎は小声で言った。

「なんでも釈迦の教えも、天照大神への信仰も最終的にはげむげむの教えにつながっていくんだそうだよ」

長助は説教でもするような調子で言った。

「ふうん」

康四郎は周囲の連中をさりげなく見まわした。げむげむの信者たちはそれぞれうつむいたり、天を仰いだりしながら、「げむげむ」と小声でつぶやいている。

もちろん、悪事をあばくためげむげむを追いかけているのだが、康四郎はこの信者たちの気持ちもなんとなくわかるような気もする。というのも、げむげむの幹部たちは拝むにせよ、話を聞くにせよ、本気でやってくれているように思えるのだ。

そこらの寺や神社があんなふうに町の人たちの話を共感しながら聞いてくれることはあるのだろうか。おざなりの決まりごと。しかも、寄進やらお布施やらをたっぷり言ってくる。げむげむはそういうものはまったく要求しない。こうして、寺や神社の境内を間借りするのも、無理して自分たちが集まる場所をつくろうとしないからだった。

「だから、寺や神社の境内を借りるのもなんの問題もないいんだとか」

と、長助は言った。

「でも、げむげむは問題なくても、寺や神社は厭がるだろうな」

「相手にもしてねえんだよ、きっと」

「げむげむはそう少なくはねえのにな」

「そうだよ。幹部一人が受け持っているのは百人じゃきかない」

「幹部は七人だろ」

康四郎が指を折って言った。

数日前、ようやく幹部の数を把握できたのである。幹部は全員で七人。その上に教祖がいるが、そこまではまだたどりつけない。鮫蔵はたどりついたためにやられたのかもしれない。

「ということは」

「信者は千人てとこ」

「もうちっといるかもしれないね」

流行り神の信者にしたら少なくはない。しかも、いっきに数を増やしたのではなく、じわじわと増えてきたらしい。

こうした集まりに出たあと、康四郎と長助は幹部とおぼしき連中のあとをつけてきた。尾行を見破られないよう、ときおりあとをつける役を替わったり、さらに自分たちが見張られていないか、ずっと後方からお互いを監視したりした。こうしたことは、見た目も雰囲気も目立ちすぎる鮫蔵にはできない芸当だった。自分たちはそんなふうには思わないだろうが、未熟でたいしたことはやれそうもない青二才の二人だからこそ、できたことなのかもしれなかった。

二人は厠にしゃがみ込むようなだらしない格好でタバコをふかしていた。もちろん、いい加減な若旦那と遊び人をよそおっているつもりだが、こうした格好をするのは意外にいい気分である。

そんな二人を集団のいちばん外側からじっと見ているのは、げむげむの音蔵と全暁という二人の幹部だった。

「あいつらが来はじめたのはこのひと月ほどだよな」

　と、坊主頭の全暁が音蔵に訊いた。

「そうだな。集まりにはちゃんと顔を出してるよ」

「二人を連れて来たのは誰だ？」

「紙問屋の若旦那で貫太郎というのが連れて来たんだ。友だちの若旦那と遊び人だそうだ」

「あいつはどこの若旦那だ？」

「新川にある酒問屋だそうだよ」

「店の名前は？」

「たしか淀川屋とか」

「ああ、大きな店じゃねえか」

　むろん、音蔵や全暁は知るよしもないが、淀川屋というのは奉行所に通じている店で、何かのときにはこの店の者と名乗ることになっている。いちおう康四郎と長助は、密偵の仕事をする際の基本は守っているのだ。

「だが、酒問屋の若旦那には見えねえ。若旦那というのは、生まれついての愛想のよさとか品のよさがあるもんだ。あの野郎はほかの信者にも挨拶一つしねえ」

と、全暁は言った。

康四郎はますますぼんやりした顔でタバコを吹かしている。

「なんに見える？」

と、音蔵が訊いた。

「使い走りの下っ引きだな」

「まさか。深川の鮫蔵のところの下っ引きでは？」

「いや、ちがうな。鮫蔵のところの若いやつなら、いままでも見てるはずだが、あいつは見たことがない。だいたい鮫の野郎は一人で動いていた。下っ引きを連れて来たことは一度もなかった」

「もう一人は遊び人だという触れ込みだぜ」

「あいつのほうがまだ危ないかもな。目つきの鋭いところといい、身のこなしといい、もしかしたら隠密同心あたりが化けているのかもしれねえ」

「まさか」

「まあ、能天気な若造たちだとは思うが、いちおう気をつけろよ」

痩せて貧弱な全暁が、山のような体格の音蔵に命令するような口調で言った。

寿庵は集まりには行かないようにしている。そっとのぞくことはたまにあっても、信者たちの前には一度も出ていない。それはすべて幹部たちにまかせてある。ただ、幹部の説教の中には、二代目の話もごくたまに登場するらしい。

集まりに出ない分は往診に使う。今日も谷中から下谷の山崎町に向かった。

歩いているうちに深川のことが気になりだした。二十人ほどの患者を置いて来てしまった。そのうちの一人は料亭のあるじで、莫大な治療費をふんだくることができた。それで残りの十九人をただで診ても、ちゃらにできるほどだった。新しい医者が、ただで診ることはありえない。それを思うと、胸が痛んだ。

それと、夏木権之助のことも気になった。最初に夏木を診たのは一年以上前、去年の八月だった。あのときは正直、駄目かと思った。助かっても半身不随は避けられないだろうとも予想した。だが、夏木の回復力と努力たるや素晴らしかった。

夏木はやって欲しいと言ったことはすべてやった。自分でも考えながら、やるべきことを増やしていった。あれほど努力をする患者は初めてだった。一度、発作を起こした人は、二度、三度と繰り返しがちだが、夏木はあれから発作を起こしていない。あれはわたしの治療というより、夏木が自分で治したのだ。しょせん、医者ができるのは手助けで、病は自分で治さなければならない。

「いるかね？」

裏長屋の一軒を訪ねた。

「あ、寿庵先生」

裁縫をしていた娘の顔がほころんだ。

「無理しちゃ駄目だぞ」

「ええ。でも、二番目の弟が手習いに行くことになったんです。着物が破れているところくらいは直してやらなくちゃ」

おきねといって、娘のおようが死んだときと同じ十七歳である。

一見したところは元気そうだが、肺を病んでいる。おようはいかにも繊細で、元気なときでさえ病人のようだったが、このおきねは色が黒いこともあって、肺を病んでいるようには見えない。だが、ときおり堪えきれずに出てしまう咳は、乾いた嫌な音をさせていた。

なんとかして助けてあげたい。

そのためには、滋養を取り、休養が必要なのだ。おようはわたしの手伝いで無理をさせてしまった。

だが、この娘も忙しい。父親の和助は包丁づくりの職人だが、近くの大きな鍛冶う。

屋に通っている。おきねは、亡くなった母親のかわりに五人の弟妹の面倒を見ていた。とても休んでいる暇はない。食いものだって、ろくなものを食べていないだろう。

ざっと診察し、煎じ薬を渡したあと、

「おきね。ちょっとだけ外に出よう」

「でも」

と、弟や妹を振り向いた。幼い子を残しておくのが心配なのだ。

「大丈夫。すぐにもどるからな」

寿庵は表の通りに出ると、屋台の天ぷら屋をのぞき、串に挿して揚げたエビとイカの天ぷらを二本、おきねに食べるように言った。

「これは治療なんだ。ちゃんと食べなくちゃ駄目だ」

その場で食べさせた。

家に持って行かせると、弟や妹にあげてしまうに決まっている。

「薬だと思って食うのだ」

「お代は？」

「そんな心配はしなくていいんだよ」

「あたしがお屋敷などに奉公できたときは必ず……」

「うんうん」

旗本の屋敷に奉公するのは、庶民の娘たちの夢になっていた。

それほどいいものではないはずだし、芸事が達者なのが条件になっている。おきねのような娘は難しいのだ。しかも、そこまで身体が回復することはまず、ありえないだろう。

おきねがおいしそうに食べ終えるのを見て、

「じゃあ、ときどきは横になって休むんだぞ。いいね」

そう言って、おきねに別れを告げた。

憂鬱（ゆううつ）な気分で、次の患者の家に向かう。

──もしかしたら、おようの気持ちとはちがうことをしているのではないか。

いままで数えきれないくらいしてきた自問自答をまたしようとしていた。

げむげむの教えは、純粋な少女のような厳しさを持っている。悪に厳しい。

それは、およう の気持ちが反映しているからだと思えた。

だが、その悪を裁こうとしているのは正しいことなのか。およう はそこまでしようとしていたのだろうか……。

二

「いやはや、まいったよ」

と言いながら、夏木が初秋亭に入って来た。

「どうしたい、夏木さま」

仁左衛門が訊いた。

「ほれ。例の初恋の人ってのを見つけたのさ」

「それは凄い」

「ところが凄くない。引き合わせてみると、この人はちがうと言いだしたのさ。あたしの初恋の人は、こんな婆とはちがうと」

「ちがったのかい？」

「ちがわないのさ。当人なのだが、歳をとって面変わりしたらしい」

「いくつなんだい？」

と、仁左衛門が訊いた。

「七十八だよ」

「そりゃあ面変わりもするさ」

「どうも頼んだほうの頭がまずいことになっていたらしいのさ」

「そういうことか」

「だが、見つけた婆さんは無礼なことを言われたと怒りだすし、いやはやとんでもない目にあった」

「そりゃあ、さんざんだったね。じゃあ、夏木さまもうなぎ屋のほうに加わってくださいよ」

「そうするか」

と、夏木もさっそくその気になった。

仁左衛門が十両に心が動いたのは、じつは鮫蔵のことがあったからである。

藤村の話によると、鮫蔵のところがだいぶ逼迫（ひっぱく）してきているという。妾（めかけ）がやっている〈甘えん坊〉という店も鮫の睨（にら）みがきいているあいだはよかったが、ぱたっと客の入りが悪くなった。

いままでの悪評がここにきて裏目に出てきたのだ。

十両あれば助かるはずだ、というので、夏木と仁左衛門は頑張ることにした。

消えたうなぎ屋のところに行き、建物の裏手に回ってみた。

ここは、以前は煮売り屋だった。大鍋で野菜や魚のすり身、こんにゃくなどを煮て、それを肴に酒も飲ませる。そこそこ流行っていたが、店を切り盛りしていた婆さんの眼病が悪くなって店をたたんだらしい。その煮売り屋が置いていった腰掛用の樽がいくつか転がっていた。

ここはまた、大きな蔵が二つ並ぶところの裏手にも当たっていた。

「この蔵は？」

と、裏で仕事をしていた隣りの桶屋の息子に訊いた。

「山形屋さんの蔵です」

「茶飯屋だろ。蔵なんざいるのかね」

「米はこっちに蓄えていて、ときどき運んでいるみたいですぜ」

「米だけってこともないだろう。千両箱もいくつかはあるんだろうが」

樽に座って、二人は周囲を見た。

どこにでもある光景である。びっしりと建物に囲まれ、空もほんのすこししか見えない。だが、区切られた空でも高さは感じられる。その空を、秋の真っ白な雲が悠々と横切って行く。

「夏木さま。あれ」

と、仁左衛門は地面を指差した。

地面に小さな穴が開いていた。

「もしかして、うなぎに紐をつけ、細い穴をくぐらせるんだ。ほら、うなぎはどんどん穴の中に潜り込むだろ。うなぎに芸を仕込んだのさ」

「うなぎが芸を覚えるかね」

「芸とまではいかなくても、泥鰌の真似くらいはできるかもしれないよ」

「うなぎが突入すると、どうなる？」

「もしかしたら、蔵の中につながっているのかもしれないよ」

「ほう……」

夏木はその光景を想像した。暗い穴をむにょろむにょろと進むうなぎたち。穴から出ると、そこは小判の輝きに満ちている。なかなかいいではないか。

「仁左。ちょっと掘ってみるか」

三、四寸ほどの穴である。竹べらを持って来て掘りはじめたが、すぐにもぐらが出て来た。こいつを放り投げると、穴はそこで行き止まりである。

蔵だって床には鉄板が敷いてあったりもする。うなぎごときに破られるほどやわなつくりではない。

「ちがったらしいな」

と、夏木は笑った。

鮫蔵は二階の窓からぼんやり外を見ていた。

ずいぶん記憶は蘇ったが、まだときおり頭の芯が疲れてぼんやりしてしまうときがある。

ゆうべは藤村がここに泊まり、げむげむの襲撃を警戒してくれた。やはり、どこかに怯える気持ちがあったのだろう、いつになくぐっすり眠ったような気がする。

その藤村は、朝飯を食ったあと、「また、夜、来るぜ」と言って帰って行った。

「げむげむか……」

おかしな殺され方をしたやつの周辺を洗っているうち、げむげむの連中が浮かび上がってきた。最初は信じられなかった。げむげむの信者は穏やかな人間が多かった。むしろ弱い人間たちだった。

執念で追いかけてきたが、あの連中を恨んでいるということはなかった気がする。

それは自分でも不思議だった。

信仰の道に入るように、あるいは引き込まれるように、げむげむの悪を追いかけていた。しかも、追いかけるうちに、げむげむはたしかに殺される理由があるやつを殺しているのに気づいた。

ただの悪党ではない。

むろん、すべての悪にはわけがある。人間そのものが悪の部分をたっぷり持って生まれてくるのかもしれない。だが、げむげむの悪には、何か目的があると思われた。

自分の罪を思い出した。

――くそ親殺しが、くそ神さまを追いかけてるんだ。まったく笑っちまうぜ。

「お前さん。お客さんだよ」

下で女房が呼んだ。

「誰だよ?」

「発句の師匠」

入江かな女である。このところ、よく顔を出すようになった。

一度、藤村と行き合わせた。

「この人はげむげむの息がかかっているからな。薬なんか渡されても、飲んじゃ駄目だぜ」

当人を前にそう言った。いくらか冗談めかしてはいたが、目は笑っていなかった。藤村という男は含羞（がんしゅう）のある男で、そうした露骨な言い方はめずらしかった。

本当にげむげむの信者だったらしい。深川のほうの集まりに出ていたので、鮫蔵は見かけたことはなかったが。

「そうなんです。飲まないでください。あたしもげむげむをやめようと思っているのですが」

「やめられねえんだろ」

鮫蔵はうなずいた。

出たり入ったりする。そうするうちに、抜け出せる者もいれば、逆にどっぷり浸（つ）かる者もいる。あの手の集まりの、それが面倒なところだった。

「ああ。かな女先生はおいらの見舞いじゃなくて、おめえらと話したくて来てるんだぜ」

鮫蔵はそう言ったが、立ち上がって階下に降りて行った。

「よう」

「また、来てしまいました。あ、どなたか、これで」

かな女は金を出し、妾の一人に近くの菓子屋で饅頭（まんじゅう）を買って来てくれと頼んだ。

「あたしが直接、持って来ると、毒が入ってるみたいで嫌でしょうから」

「まあ、そんなこと」

女房が呆(あき)れた声を出した。

「いいの。気にしないで」

いささか突飛である。常識からすこしはずれる。げむげむにはなぜか、こうした女たちが少なくなかった。男に交じって頑張ってはいるが、いまの立場に満足できない。もっと上に行きたい。それは悪いことではないが、どうしても背伸びをする。それでこころの調子がおかしくなる。そんな女が大勢来ているように見えた。

殺しに来たくせにどっかり座り込んでしまう。

それをまた、受け入れている女たち。

どうなっているのだろう。女というのは、いくら付き合ってもわからないところがある。おれの命は、女たちの気持ちのどのあたりに置かれているのだろう。

「女の句を詠みたいのよ」

と、かな女が言った。いつの間にか発句の話になっていたらしい。

「詠んでよ、かな女」

「だから、いっしょにやろうよ。女房の気持ち、妾(めかけ)の気持ち。それを句にするのよ」

女ごころを話し合ったりしている。

鮫蔵の女房も最初に会ったときほどの嫌な印象はないらしかった。

三

「おいらたちは、こんなことやってる場合じゃねえんだけどな」

と、康四郎が長助に言った。そば屋の二階で通りの向こうにある二階建ての家を見張っている。相手はげむげむとは関係はない。

「こうしているうちに、あの連中は何かやらかすかもしれねえのに」

と、康四郎は苛々して言った。

もっとも康四郎の気のせいかもしれない。長助のほうは、そんな気配はあまり感じないのだという。

なんだろう。本当はあいつらにもっとべったり張り付きたい。だが、げむげむのことは上から命じられたわけではない。通常の仕事の合間に追いかけているのだった。

この数日は、押し込みの盗賊らしいのを見張らされている。ここに三日、長助とともに泊まり込んだ。

「あんなやつは早くしょっぴけばいいのに。上は意外に慎重だよな」

と、康四郎は言った。

バクチ好きの遊び人で、いつも酔っ払ったような目をしている。ああいうやつを見ると、長助が化ける遊び人はまだまだ生真面目すぎると思う。

「そりゃそうだよ、康さん。やっぱり証拠はちゃんと摑(つか)んでおかねえと」

「それはわかるんだが、また押し込みをやられて死人でも出したら元も子もねえぜ」

「ああ。難しいところだよな」

まったく難しいことだらけである。

意外に長助のほうが慎重で、康四郎のほうが先走りがちだったりする。

鮫蔵親分の警戒は、長助が兄貴分の下っ引きに頼んだ。長助は頼りないかもしれないと心配したが、康四郎の父が泊まり込んでくれているらしい。長助はそれで安心したようだった。

その長助の兄貴分から、さっき康四郎に伝言があった。おやじが会いたがっているらしい。〈初秋亭〉に寄れと言われた。

めずらしいことなので、気にはなったが、

「いいよ、うっちゃっといて」

と、答えた。

「まずいよ、康さん」

「なあに、最近、説教を垂れてないから、なんか言いたいのかもな」

おやじのは同心ごっこで、自分はもう命を賭けて仕事をしているのだと思った。


「これは難事件だな、仁左」

「そうだねえ。手がかりってえのがないもの」

もう三日ほど、夏木と仁左衛門はここらを行きつもどりつしている。通りは知り合いだらけだし、仁左衛門自身が、いなくなったうなぎ屋を見ている。だから、半日ほどあれば解ける謎ではないかと甘くみてしまった。

藤村に相談したいが、げむげむのことで手一杯だろう。

今日はちょっと角度を変えてみようと、昼飯がてら、いくらか離れたところにある寿司屋の二階に上がった。ここから通りを広い目で眺めてみることにした。

適当に握ってもらった寿司をつまみながら、しばらく通りを眺めていた夏木が、

「ん?」

と、首をひねった。

「どうしたい、夏木さま？」

「あそこも空き店だな」

「ああ、ほんとだ。この道は空き店が少ないし、たまに出てもすぐに埋まっちゃうんだけどね」

消えたうなぎ屋の向かいっかたで三軒ほど先である。間口が小さくふつうの民家ふうなので、空き店とは気づかなかった。毎日、歩いている道なのに、やけに気になる店と、何があったかなという店がある。なくなったのは後者の店だったのだろう。

茶を持って来たこの店のおやじに仁左衛門が訊いた。

「あの空き店の持ち主は誰だい？」

「山形屋さんだよ」

「そうだろうな」

二軒先が山形屋の隠居の家である。ここらはほとんどが山形屋の持ち物なのに、こんな近くを自分のものにしていないわけがない。

「ずっと空いてたっけね？」

「いや。ここでうまくいった菓子屋が尾張町に進出するというので出て行ったんだ。そのあと、食いもの屋が入るとか言ってたけど、やめたとか聞いたね」

「やめた？　あそこもか？」

首をかしげた。

急にやめたのは一つではない。二つ。まだ増えるのか？

寿司屋を出て、二人はその空き店の前に行った。なるほど正面の腰高障子は新しくなっているが、わきの小窓には〈菓子善〉という文字が残っていた。それを見て、そういえば一度だけ買った豆菓子がなかなかうまかったのを思い出した。

「まあ、間口は狭いが、どんな商いもできそうだね」

「そういうものかな」

夏木は適当にうなずいた。三千五百石の旗本が、小商いのことなどわかるはずはない。

「そういえば、夏木さま、気になることがあるんだ」

「なんだ、仁左？」

「一日だけ開いたとき、客の中にものすごく衝撃を受けたという顔をしたのがいたって話したよね。あの顔は、ただのうまいうなぎを食った顔じゃねえ。いまになると不思議だ。あれはなんだったのだろう」

「どんな男だった？」

「威勢のいい職人ふうだったね。ちょっとヤクザっぽい感じもあったがね」

夏木は腕組みしてしばらく考えると、

「ふうむ。もしかしたら、同じうなぎ屋なのではないのか。自分がつくるうなぎとくらべて、あまりにもうまいので衝撃を受けたのよ」

「このあたりのうなぎ屋は知っているが、あの男はちがうね」

と、仁左衛門は言った。初秋亭の三人のうちでは、仁左衛門がいちばん味にうるさく、いろんな店を食べ歩いている。

「このあたりのうなぎ屋とはかぎるまい。いなくなったうなぎ屋のほうはいくつくらいだった？」

「まだ、二十二、三といったところかな」

「若いな」

「そうだね。いま、思うと、腕はよかったが、店を持てるほどの歳ではなかった気がする。でも、手際はよくて、うなぎ屋のことはすべて知り尽くしたという感じ。どういうことだろうね」

と、そこへ――。

「やあ、初秋亭の方々」

山形屋の隠居だった。この人はいつもどことなく変わった格好をしているが、今日はまた、いちだんと変である。かるさんという細身の袴の長いものをはいている。そのかるさんの色は柿色で、生きものの模様が入っている。犬かと思ったが、よく見ると、牛のようである。下駄をはいているが、これには茶色の革のおおいがついていて、当人には言えないが、馬糞に足を突っ込んでしまったようにも見えた。

「どうです、謎解きのほうは？」

と、山形屋が嬉しそうに訊いた。

「いやあ、正直、難しいですな」

仁左衛門が答えた。

「そうでしょう、そうでしょう。あたしなんざ見当もつきません。それより、ちょうどおいしいカステーラが届いたところです。お入りになりませんか？」

山形屋の家は変だという噂があった。あまりにも噂が大きくなって、番屋の連中が立ち入って調べたこともあったらしい。

結局、趣味が悪いだけで、物騒なものや不穏なものはないということになった。

「さあ、どうぞ、どうぞ」

「はあ」

「その椅子におかけください」

「椅子ですか」

夏木も仁左衛門も座り慣れないものにおっかなびっくり座った。

広さはそうたいしたことはない。初秋亭よりもほんのすこし広いといった程度である。ただ、雰囲気はまるでちがう。

「ほう」

「へえ」

二人から思わず声が洩（も）れた。

たしかに、こんな部屋には入ったことがない。

壁には書架がとりつけられ、膨大な数の書物が詰まっている。ところどころ空いているところには、地球儀、天球儀、いろんな石、時計などが並べられている。それらがカビ臭いような、獣臭いような、変な匂いを発しながらのしかかってくる感じである。怪しげな呪文（じゅもん）を唱えられている気もしてくる。

「噂には聞いていたが、変わった家だのう。これもあるじが変わった人だからだろうな」

　夏木が遠慮なく言った。

「いやあ、あたしより、〈初秋亭〉をつくった油問屋の東海屋（とうかいや）さんのほうが変わってましたよ」

「そうなのか」

　と、夏木は言った。夏木たちは、布袋屋（ほていや）の元の女房でおちょうという女に家賃を払っている。そのおちょうの亡父が東海屋で、初秋亭の三人は東海屋の隠居のことは直接には知らなかった。

「ええ。あの人は趣味人でしたが、その趣味がちと偏ってましてね」

　夏木は、他人のことは言えないだろうという言葉をぐっと堪（こら）えた。

「猫と笛の音がむやみに好きで、そのために家のあちこちに穴が開いてましたでしょう」

「ああ、開いていたな」

　猫の通り穴と、風が吹くと家が笛のように鳴るしかけである。隙間風が入ったり、風が吹くとうるさかったりしたので、おちょうに断わってふさいでしまった。

　たしかにこの家とどっちが変わっているかというと、改装をしたいまはともかく、以前は初秋亭のほうが上だったかもしれない。

「さあ、コーフィーが入りました。にがみがあるので砂糖を入れてください。これに牛の乳を入れるとうまいのですが」

カステーラも出してくれた。

山形屋を真似て、箸(はし)でつまみ、卵焼きでも食うようにして食べた。甘くて、ふわふわした食いものである。

「うまいものだな」

「ほんとに」

「あたしは本当はパンが食べたいんですよ」

と、山形屋が内緒話でもするように言った。

「パン？」

「ええ。向こうの連中が米のかわりに食べているものです。小麦をふっくらと焼いたもので、うまいらしいです。米よりもずっと味があって」

「ほう」

カステーラを食べ終え、暇(いとま)を告げることにした。長居をすると、しまいには妙なものまで食わされるかもしれない。

外に出て、後ろを振り返り、

「異国趣味と言うより、山形屋さんの中でふくらんだ妄想の異国なんだろうね」

「それよりも、仁左、わしは気になったのだが、あの男の態度に、なんか、からかうような調子はなかったか？」

「あ、夏木さまも感じましたか。ありましたよ」

「あっただろ。嫌な感じだな」

二人は初秋亭のほうにゆっくり歩いている。

「そういえば、この通りはうなぎ屋がないいな」

と、夏木が歩きながら言った。食いもの屋はいろいろある。寿司屋、そば屋、橋の近くには天ぷら屋があり、酒を飲ませる煮売屋なども三軒もある。藤村がひいきにしているうどん屋もあれば、甘いものではおしるこ屋もある。

「ほんとだね。うなぎ屋は、そっちの永代橋の周囲に二つほどある。巽橋の向こうのたもとと、大島橋のたもとにもある。だが、こっちの熊井町と相川町の通りにはうなぎ屋がない」

「あってもよさそうだがな」

「なんでなかったんだろう？　せっかくできたと思ったら、いなくなっちまうし」

——あ。

と、仁左衛門は手を叩いた。

この日——。

寿庵は幹部の音蔵と全暁に、今日の集まりにはぜひ、来てくれと頼まれた。

「もちろん、信者の前に顔を出さなくてもかまいません。いろいろ相談したいことも重なっているし、見ていただきたい者もいるのです」

信者の前に顔を出さなくてもすむならと承知した。

築地に船松稲荷という神社がある。ここの神主がげむげむの信者になった。

この境内で、信者を増やすための催しを三日三晩かけておこなう計画だという。

「だが、あんたたちには言ったように、例の赤猫の企みを阻止するほうも」

「ええ。そちらもやりますよ。ただ、二代目さま」

「寿庵と言ってもらいたいね」

二代目と呼ばれるのがときとして凄く嫌なものに感じることがあった。

「寿庵さま。赤い猫をそのまま放たせて、この江戸を生まれ変わらせるという考えもあるのではないでしょうか？」

　と、全暁が言った。この男は頭が回った。ときに寿庵も言い負かされることもある。

「なんと」

「困るのは貧しい者だけではないのですよ。金持ちだってたいがいは焼ければ困るのです。むしろ、失うものは、金持ちのほうが多いのですから」

「それは……」

　そうかもしれなかった。

　だが、寿庵が思い浮かべるのは、火に追われて逃げる長屋の連中だった。金持ちはこういうときにもちゃんと準備を怠りなく、使用人を動かし、荷車に財産を積み、安全なところへと避難して行くのではないか。

「寿庵さま。焼け跡こそ、げむげむの教えにはふさわしいのではありませんか。おようさまの教えは、焼け跡の風に乗って、江戸じゅうに広まっていくのではないでしょうか」

　全暁はうっとりした顔でそう言った。

「いけません」

　と、寿庵は言った。

「赤い猫はなんとしても阻止しますよ」

「はい」

全暁はうなずいた。表情は消している。

「それで見てもらいたい者とは？」

「はい。こちらに」

全暁は、神社の本殿に寿庵を案内した。ここから、境内に集まっている信者たちの姿が見えた。格子窓なので、向こうからは暗くて見えないようになっている。

「あの女です」

と、音蔵が楠(くすのき)の下にいた女を教えた。

「あれは……」

深川で発句の師匠をしている女だった。名は入江かな女といったはずである。

「あの女を使って、鮫蔵に毒を飲ませようとしているんですが、どうも毒を飲ませなかったらしいのです」

「ふうむ」

「つまり、裏切ったわけです」

音蔵は冷たい言い方をした。

「まあ、いいではないか」

と、寿庵は言った。正直、鮫蔵のことはもう考えたくなかった。あの呆(ほう)けた顔を見たら、死んだも同然だとも思えた。

「あの女は、げむげむをやめたいと言ってきてるんです」

「げむげむが信じられなくなったとでも？」

「いや、信仰より発句の道に邁進(まいしん)したいとかで」

「ふうむ……」

迷っている顔である。いくらか怯(おび)えてもいる。

かな女というのは面白い女だった。

発句の師匠をしていて顔が広く、初秋亭の連中とも親しくしていたので、よく噂を聞いていた。男に頼らず生きていこうとしている。だが、女の弱さも感じられる。迷いの多い人間なのだ。だからこそ、人間らしいいし、信仰心も厚くなったりするのだが。

あの女に三代目になって欲しいと思ったこともある。幹部にもそう告げた。

いまは三代目のことは考えていない。むしろ、教祖などいなくてもいいのではないか。おようの思ったこと、感じたこと。それを教えのように受け取った者たちが、げむげむの集まりを大きくした。自分もげむげむで世直しをしたいと思った。だが、やはりそれはだいそれた夢ではなかったか。

おようの思いが真実なら、無理に三代目など立てなくても、その思いは伝わっていくだろう。自然に手を合わせ、げむげむと、あるいは別の言葉かもしれないが、つぶやくようになるだろう。

「よいではないか。やめても」

「よろしいのですか」

音蔵はあからさまに不満げな顔をした。幹部たちのあいだに、二代目さまは気弱になっておられるのでは、という声があるのも聞いている。

「それかい、今日の相談ごとというのは？」

「いや、もう一つあります。じつは、このところ、怪しいやつらがうろうろしていまして、あ、あの連中です」

と、全暁が狛犬のわきにいた二人を指差した。

藤村慎三郎の息子の康四郎と、相棒のようにして動いている長助がいた。

「ああ、あの者たち……」

「ご存じなので？」

藤村の倅は八丁堀の同心である。同心が町の若旦那のような格好でこんなところにいるということは、言うまでもなく、ここを調べているのだ。しかも、康四郎の相棒の長助は、鮫蔵の下っ引きだった。

それを言えば、まちがいなく音蔵が動くだろう。あの二人は、今夜にでも大川を死体になって流れるだろう。鮫蔵のような幸運はそう何度も起きるものではない。

寿庵は二人を見ながら、静かな声で言った。

「知り合いの馬鹿息子たちさ。放っておきなさい」

四

翌日――。

夏木と仁左衛門は山形屋の隠居家を訪ねた。

「山形屋さん」

「ああ、初秋亭のお二人。さあ、どうぞ、どうぞ」

また、ここの不思議な部屋に上がった。山形屋はいままで本を読んでいたらしく、丸い机に本が開いてあって、拡大鏡を手にしていた。

「今日は何か？」

「わかりましたよ。あのうなぎ屋がたった一日で消えたわけが」

「ほう。そいつは素晴らしい。なんなんです、それは？」

「これです」

と、仁左衛門は風呂敷(ふろしき)で隠していた笊(ざる)の中身を見せた。

「うわっ」

山形屋はあとずさりし、腰を抜かしそうになった。あまりの怯えように、心ノ臓の発作を心配したほどだった。

「どうしました。大丈夫。ヘビじゃないですよ」

「わかります。ヘビなんざ平気です。うなぎでしょ」

「やっぱり、これが苦手でしたか」

夏木がこの笊を受け取り、外に出してもどって来た。永代橋のたもとのうなぎ屋から借りたもので、小僧に持ち帰ってもらった。

「そんなに嫌いでしたか？」

「ええ、もう、世の中でいちばんうなぎが大嫌いですよ。あの、ぬめり感。むにょろむにょろと動くところも嫌いなら、甘ったるい匂いも大嫌い」

と、恐ろしく早口で言った。うなぎという言葉からも遠くに行きたいらしい。

「そこまで嫌うのは、何かきっかけはあったのかな？」

と、夏木が訊いた。

「ありましたよ。子どものときに、うなぎをいっぱい入れていた樽をのぞいていたのですが、うなぎ屋の息子がいたずらをして、後ろから押したのです。そのはずみに、樽に落っこちましてね。顔や首に……あ、思い出した……」

顔色が真っ青になった。それほど恐怖が染みついているらしい。

「でも、生きているのは気味が悪くても、かば焼きにしたのはうまいでしょう？」

「とんでもない。その子のおやじが、おわびのしるしにと、かば焼きをたくさん持って来たんです。ところが、どうもこれが悪くなっていたらしく、三日間、下痢がつづいて死にそうになりました」

「それは、それは」

笑い話のようだが、もちろん当人にとっては笑いごとではない。

「それほど嫌いなのに、どうしてまた、うなぎ屋に菓子善のあとを貸すなんて言ってしまったんです？」

「ちょうど、いろいろとばたばたしてるときでしてね。うさぎ屋という屋号に聞こえたんです。うさぎ屋という足袋屋を知ってましてね。つい、そっちと勘ちがいしてしまいました。ところが、あらためて持って来た書面を見たら、うなぎ屋とあるじゃありませんか。あたしは真っ青ですよ」

「また、怒ると怖そうな男でしたからね」

ちらりと見ただけの仁左衛門さえ覚えているくらいだから、よほど強面だったにちがいない。

「そうでしょうよ。また、あらためて契約をしに来てもらうことになったけれど、こっちから断わろうものなら、どんな面倒なことを言い出すかもしれない。いや、金だけですむならいいんです。あたしはとにかく怒鳴られたり、脅されたりするのは大嫌いでしてね。昔から争いごとは苦手なんです」

「なるほどねえ。いや、そこからは言わせてください。それで、向こうから断わってくれるいい方法はないものか、必死で知恵をしぼった。ようやく思いついたのが、契約にやって来る日に、別のうまいうなぎ屋が、一足先に店開きをしていることにしようと」

「そういうことです」

「なかなかいい考えですよ」

まさに、夏木が想像したとおりだった。

「それで、あたしは行ったことはないが、倅たちがひいきにしているうなぎ屋で松葉亭という店がありましてね」

「松葉亭！　芝の名店じゃないですか。そうか、どこかで食った味だという気もしたんだが、松葉亭でしたか」

「そこの倅に頼んで、一日だけ出店をだしてもらおうと」

「あれは松葉亭の倅でしたか」

「うなぎもタレも向こうの店から持って来て」

「うまいはずだよ」

「値段だって安くしたんですよ。松葉亭の七割にしていたのですから」

それを、これからすぐ近所でうなぎ屋を開こうという男が食ったのである。味、値段、すべてのことでかなうはずがない。向こうは毎日、大繁盛。こっちはそれを見ながら暮らさなければならない。

「愕然としただろうね」

「ええ。かわいそうなくらい落胆してやって来ましてね。すまないが、この話はなかったことにしてもらえないかと」

「やったと」

「はい。内心は大喜び、でも、いちおうは困った顔をして、契約をなしにしたというわけで」

と、山形屋は笑った。

「だが、一日でも近くで開店してたくらいだから、もう、うなぎは平気になったのではないか？」

夏木がからかうように訊いた。

「冗談じゃないです。あの日、一日だけは鼻に詰めものをして匂いに耐えたんです。それでも、気持ちが悪くて、あの日は食いものが喉を通りませんでした」

「おみごとです。さすがは噂の初秋亭。こんなに見事に謎解きしてもらえるとは思いませんでした」

これでは、初秋亭の近くにうなぎ屋ができる日はしばらくやって来ないだろう。

山形屋はすっかり感激した顔で言った。

「なあに、それほどでも」

「これは約束したお礼ですよ」

と、十両を出した。

仁左衛門は夏木と顔を見合わせ、うなずいて丁重に受け取った。鮫蔵がこの金を黙ってもらうわけがない。藤村から〈甘えん坊〉の飲み代だとでも言って、そっと回してもらえばいいだろう。

「もらっておいて言うのもなんだが、それにしても、十両なんて大金を出すのは気前がよすぎるのではないかな。いくら、大地主の山形屋さんでも、金をちらつかせるようなことは」

夏木は苦言を呈した。

「おっしゃるとおりです。わたしもこんな嫌味なことをしょっちゅうしてるわけではないのです」

「どういうことかな」

「じつは、もっと面倒な頼みがあるので、手付けのつもりでした。これで、断わりにくくなりましたでしょう？」

「やはり、そういう魂胆だったか。でなければ、自分がやったことを探らせるわけはないからな。それで、なんだ、その頼みは？」

山形屋はいままでになく真剣な顔を見せ、

「じつは、げむげむという奇妙な集団がありましてね……」

藤村慎三郎は、番屋に倅の康四郎が来たら呼んでくれるよう頼んでおいて、やっとつかまえることができた。

「おめえ、なんで立ち寄らねえんだ。なんかまた、後ろめたいことでもしてるんじゃねえのか」

「父上といっしょにしないでくださいよ。それに、おいらだって忙しいんですよ。父上だって、忙しいときはろくろく家のことなんか考えもしなかったでしょうが」

それはそのとおりである。

「それはいいが、げむげむの教祖がわかったぜ。鮫蔵が思い出した」

「え、なんだって、それをもっと早く……」

「ばあか。だから、早く来いって言ってたんだろうが」

隣りにいた長助の顔も変わった。「こういうことは藤村さんから言ってもらったほうがいい」と鮫蔵は言っていたが、本当に長助には何も話していなかったらしい。

「誰なんですか、教祖は？」

「医者の寿庵だよ」

「なんですって」

康四郎が直接、話したことがあるのかどうかは知らない。だが、夏木の病気を回復に導いたことや、名医の評判くらいは人づてに聞いていたらしい。

「寿庵先生が教祖……」

康四郎はしばらく声を失った。

長助も衝撃だったらしく、

「そうか。だから、親分もあんなふうになったんじゃないですか……」

と、つぶやいた。そうなのかもしれなかった。寿庵じゃなかったら、身体の傷はともかく、こころの傷はもっと早くに癒えていたのではないか。

「どうしましょう？」

と、康四郎は訊いた。

「証拠を固めたらしょっぴくしかねえだろうが。おめえらも、のそのそ潜入してると危ねえぞ」

「じつは、おいらたちも……」

と、このひと月あまり、二人が調べあげたことを語りだした。

「へえ、おめえら、そこまで調べあげてたのか」

素直に感心した。

康四郎と長助は、意外なほど深く食い込んでいた。幹部数人の殺しについても、すでに証人も見つけていた。

鮫蔵が睨んでいた殺し――この数年、江戸と周辺で起きていたおかしな殺しの大半は、やはりげむげむがからんでいたらしい。

「幹部の中に叩けば脆そうなやつがいます。そいつを締め上げましょう。ただ……」

康四郎の顔が不安げになった。

「どうした？」

「このところ急に、げむげむの動きがちっと慌ただしくなっているんです。何かしでかそうという感じがします。そこを一網打尽にできるかどうか」

「一網打尽？　何人いるんだ？」

「信者は千人を下らないかと」

千人が暴れたらたいへんな騒ぎになる。しかも、便乗して騒ぎだす連中もかならず出てくる。

「そりゃあ、かえって騒ぎをつくるかもしれねえ。げむげむの信者たちがいっせいに捨て鉢になったら大騒ぎだぜ。とりあえず、その幹部連中というのをそっとつまみあげるほうがいい」

まずは、番屋の中で茶をすすっていた本所深川同心の菅田万之助に相談した。

「おや。藤村さん。めずらしく深刻な顔をされて……」

と、いつもの暢気（のんき）な顔を見せた菅田だったが、くわしい話をするうちに、たちまち顔が変わった。

「こりゃあ、大捕り物だ……」

第五話　惜別の橋

一

枯れて茶色くなった大きな葉っぱが、大川沿いの道を風に吹かれて転がっていた。深川のこのあたりは、樹木は多くない。それでも秋が深まり、川べりや堀端の柳が色づいて散り、対岸に見える大名屋敷の森も緑を失ってまばらになってきていた。

藤村慎三郎は、懐手(ふところで)をしてその大川沿いの道を歩いていた。

——早いもんだ。

と、つくづく思う。〈初秋亭〉も扁額(へんがく)を掲げてから一年半以上が過ぎている。まだ自分たちの人生は初秋のつもりでいたが、じつはもう晩秋あたりなのかもしれない。老いを間近にして、冬じたくのころなのかも……。

鮫蔵が刺されて生死の境をさまよってからも、すでに五ヶ月が経とうとしていた。

藤村家ではみんなそれぞれ勝手なことをしているが、なんとなく平和なときが過ぎていた。

お互い、あまり干渉はしない、といった気分である。

何をしているのかね、夫婦でも血がつながっていても、しょせんはみな、別の人間だろう。好みも人生の目標もちがう。一つになる意味も必要もない。

だが、歳をとって、人に求める気持ちが薄くなってきたような気がする。若いうちは、他人が望むことをしてくれないのに腹を立てていた。

倅の康四郎はこのところ休みも返上して出歩いている。加代とその話になったとき、

「また、おなごじゃねえのか」

と、藤村はしらばくれてからかった。

「よろしいんじゃないですか」

「あれ。いいのかい」

焼き餅を焼かせようとしたが、どうしたことか。女も仕事が充実していると、家族に対しても寛大になるらしい。

「別にかまいませんよ。康四郎がどんな女と付き合おうが。それに、康四郎はお前

さまとちがっておなごに好かれますからね」

余計なからかいのせいで、言われなくていい厭味(いやみ)を言われてしまった。

奉行所もようやく本気でげむげむの調べに着手していた。

すでに幹部たちはぴたりと見張りをつけられている。

こうなれば連中も鮫蔵を襲撃することはできない。

――今日は、夏木さんと仁左の仕事を助けるか。

初秋亭の戸を開けた。夏木も仁左衛門も出かけてしまったらしく、誰もいない。

一人だけ取り残されたような気になったりする。

夏木と仁左衛門は築地の船松町(ふなまつちょう)に来ていた。佃島(つくだじま)への渡し船が出る船着場の近くである。

昨日、頼まれたばかりの山形屋の依頼だった。

「げむげむというのは、信じられないような力があるらしいですね」

と、山形屋の隠居は言った。

「信じられない力？」

「あたしの古い友だちに、築地の船松稲荷の神主がいるんです。この男がげむげむの教えにほだされたらしく、いまや、神社をげむげむに貸し出したみたいなことになっているんですよ」

「え、鞍替えしちまったのかい？」

「鞍替えってほどではないんでしょうが、なにせあの男は昔から調子者でしたので」

「でも、それじゃあ氏子も驚いただろうね」

「そうなんです。ただ、げむげむのやることは凄いんです。あたしもこの目で見て来ました。げむげむは、必死で祈る者の願いを聞き届けてくれるというのは嘘ではないのかなとも思えるんです」

「おいおい」

「いや、だから、いま、げむげむがしていることの真偽を確かめてもらいたいんです」

「ははあ」

　これが十両という多額の礼金の正体だったらしい。

「古い友だちが騙されているとしたら忍びない。でも、下手すると、神さまを疑うことになる。こんな大変な仕事は、初秋亭の旦那たちくらいしかできないだろうと思いますよ」

「あっしらだって罰が当たるのは嫌ですがね」

とは言ったが、結局、ちらっとのぞいて来ようかということになったのである。

下手に突っ込むのはまずいが、築地のあたりではどんなことになっているのか、ちょっと探っておくくらいは邪魔にはならないだろう。それに、まったく別の筋から意外な弱点に斬り込んでいけたりするものである。

「あれだね、夏木さま」

仁左衛門が指差した。

境内には大きなかがり火のようなものが焚かれている。その周囲を二、三十人のげむげむの信者らしい人たちが取り囲んでいた。さらに遠くには、この一団を馬鹿にしたような目で見ている男たちもいる。

その遠くにいたほうの男に、しらばくれて声をかけた。

「こりゃあ、なんですかね？」

「げむげむさまってんだよ。どうせ流行り神の一種だろ。ここの神主がはまっちまったんだもの。おれんとこなんか、代々ここの氏子なのに、これからどうしろってんだろうな。まもなく祭りもあるってのによ」

「お、またやるぞ。あれを」

何人かが注目した。山形屋も話していた奇妙な神通力を披露するらしい。

「では、その紙にあなたの願いごとを書きなさい。おっと、こっちには向けずに、誰にも見られないようにな。そうそう。書き終えたら、その紙はくしゃくしゃっと丸めてしまいなさい」

「こうですね」
二十四、五くらいの女が言われるままに紙を丸めた。利発そうな、ちょっと発句の師匠の入江かな女に似た雰囲気もある。
「それをこのかがり火の中に投げ入れてください」

「はい。こうですね」

女はぽいっと紙を火に投げ入れた。かがり火は強い勢いで燃え盛っている。紙などはたちまち燃えてしまうにちがいない。

「では、げむげむさまは、この人の願いを聞き届けてくれるでしょうか?」

男はこちらの遠巻きにしている人たちのほうまで見まわし、大きな声で言った。

「いかがでしょう、げむげむさま?」

すると、かがり火の後ろのほうにいた、まだ少女のような女が一歩前に出て、

「北斎（ほくさい）の絵は、内面の充実から生まれたもの。あなたも内面を磨きなさい。そうす

ればげむげむさまもその才を磨くのに手助けしてくれましょう」

歌うような調子で言った。

「は、はいっ。ありがとうございます」

女は深々と頭を下げ、こちらを向いて、

「うそぉ、信じられない」

と、言った。

「どうした、書いたことが当たったのか？」

知り合いらしい男が訊いた。

「ええ。あたしは、北斎先生みたいな絵師になりたいのですと書いたんです」

「へえ、それじゃあ、げむげむはわかったってことじゃねえか」

このやりとりに、周囲はどよめき、

「やっぱりげむげむってのは本物だな」

「あたしも拝もうかな」

などという声も聞こえてきた。

「夏木さま。どうなってんだろうね？」

「うむ。そこらに遠めがねでのぞいているやつがいるのではないのか」

ぐるりと見まわすが、そんなやつはいないし、しかも女は着物で隠しながら筆を動かしていた。あれをのぞき込むというのは、まずできっこない。

「まずいなあ」

と、仁左衛門は唸った。

こういうことをやられると、げむげむの信者はますます増えてしまう。

「いいか。ヘビには気をつけろよ」

と、康四郎が長助や小者たちに言った。

ここは駒込の先、田端村というところ。ここのボロ家に住む、佐吉というげむげむの幹部をしょっぴこうとしていた。

マムシを使った殺しの下手人と睨んだ男である。

それは、去年の春に駒込で起きた奇妙な事件だった。

殺されたのは、後輩にひどいイジメを繰り返していた板前だった。むやみに後輩を殴る蹴るして、一人は死に、二人は指の骨を砕かれて包丁が握れなくなった。その、骨を砕かれた男は、げむげむの信者になっていた。

この意地悪な板前が殺されたことで、喜んだ人間は大勢いただろう。ただ、殺されかたが不思議だった。

長屋の部屋の中で、何匹ものマムシに咬まれて死んだ。

夜中に凄い悲鳴があがったので、長屋の住人たちが何ごとかと集まった。戸には心張り棒がかかっていて開かない。

どうしたのかと問いかけるうち、中からこの男が出て来て、ばたりと倒れた。

「どうした?」

「ヘビにやられた……」

男はそう言って息絶えた。

住人たちが恐る恐る中を見てみると、なんと十匹あまりのマムシが、部屋でとぐろを巻いていた。

むろん、安普請の長屋だから、ヘビが入り込めるくらいの穴はいくらもある。だが、マムシたちはその穴からぞろぞろと入り込み、この男にいっせいに食らいついたというのだろうか……。

康四郎と長助は、この事件を洗いなおした。

マムシなんかそうそう扱えるものではない。

マムシ酒をつくって売っている男を探った。こうして、げむげむと関わりがあるらしい佐吉が浮かび上がったのである。

「ちゃんと手足はおおったな」

康四郎はもう一度、訊いた。

みな、手と足は布きれでぐるぐる巻きにした。さらに、万が一、咬まれたときにそなえて、奉行所の中間には焼酎を持たせてある。傷口を吸って血を出し、焼酎で洗えばいいと言われたのだ。

「じゃあ、長助……」

康四郎がうなずくのに合わせて、長助が外から戸を揺さぶるようにして声をかけた。

「佐吉さん、いますか」

「誰でえ？」

「あっしです。げむげむの信者の長助です」

「長助？　そんなやつ、いたっけかな」

と、心張り棒をはずす音がして、戸が開いた。

康四郎はその腕をつかみ、ぐいっと引っ張り出した。

「いてて」

「北町奉行所だ。神妙にしろ」

「あっしが何を」

佐吉は両目が離れたヘビのような顔で、康四郎を睨んだ。

「まずは茅場町の大番屋に来てもらうぜ」

佐吉を連れ出したあと、家の中を確かめた。

ふたをした甕がある。

のぞいた長助が、「うえっ」と言った。いるわ、いるわ。マムシが七、八匹、不健康なうなぎのように、ゆっくりのたくっていた。

「長助。それも持って行こう」

呆れる長助をそこは同心の立場で命じ、取り調べをする大番屋に運び込んだ。

奉行所の威信を賭けた取り調べが始まった。ここを突破口にして、げむげむの全貌を明らかにしなければならない。

だが――。

佐吉はなかなか強情で吐かない。

菅田があきらめ、つづいて経験豊かな年寄同心の長谷川玄左がじっくり問いただしたが、とぼけるばかりである。

「だいたいが、ヘビなんかに人を咬めと命じても聞くもんじゃないですからねえ」

と、しらばくれている。

どうにも取りつく島がないというので、

「藤村康四郎。そなたのほうから何かあるか？」

やっと見習い同心の出番が来た。

康四郎は、若旦那のふりをするときによくやっていた厠にしゃがみ込むような姿勢で、佐吉の前に座った。

「ヘビってのは目と耳はほとんど駄目らしいな」

「そうでしょうね」

「ただ、匂いはわかるそうじゃねえか」

康四郎がそう言うと、佐吉は、

「ほう」

と、感心したような顔をした。

「大好きなネズミも、匂いで狙いをつけるんだってな」

「それで？」

「咬ませたいやつにあらかじめネズミの匂いをつけておくのさ。なあに、まちがえたふりをして、ネズミを漬けておいた水でも足にかけておいたりすればいいさ。それで、戸の破れ目あたりから、マムシを送り込んでやれば、マムシはその匂いのするところに一目散。ばくりばくりと食いつくぜ」

「…………」

「試しにやってみようか。おい、長助」

「へい」

長助がどこから持って来たのか、ネズミの死骸(しがい)を佐吉の足のあたりになすりつけた。

「それで、おめえのとこから甕を運んで来たのさ。長助、そいつの中身をぶちまけてくれ」

「ちょっと」

佐吉の顔色が変わっている。

「なんでえ、いいから長助」

「あっ、旦那(だんな)、そればっかりは」

「おめえだって、やられるほうの気分を知ったほうがいいだろうよ」

「勘弁してください。おっしゃったとおりに、あっしがやりました」

と、かすれた声で言った。

半刻後――。

佐吉がやった殺しについてはすべて白状した。幹部たちの話し合いで決まったことだという。

ただし、教祖の犯行については口を閉ざしつづけた。

「まあ、よくやったな。おやじとはちがうな」

と、年寄同心の長谷川が感心した。

「そうですか？」

「ああ。おやじは勘働きが多かった。倅のほうが理詰めだな。ヘビのこまかいことまで調べて来たのには驚いた」

「そりゃあ、あのおやじとくらべてもらっても困るんですが」

と言った康四郎の口ぶりを、おやじの慎三郎が聞いたなら、さぞかしむかっ腹を立てたにちがいない。

二

夏木と仁左衛門の話を聞いて、

「なんか、しかけがあるんだな」

と、藤村慎三郎が言った。前にも同じような詐欺があった。借金の証文を燃やすと言って燃やさないというものだった。丸めて焼いたふりをするが、じつはあらかじめ同じように丸めた紙を持っていて、そっちを燃やすのである。

今度の場合、それはないらしい。だが、その手のことはさまざまな工夫があるものである。

「見てみねえとわからねえな」

「行くかい？」

「ああ」

夜になってから、三人でそっとのぞきに行った。こんなときは、少年時代にもどったようで、三人ともうきうきしている。

「あれだよ、藤村さん」

「ふうん。なるほどなあ」

さすがに近所の者はいないが、げむげむの信者が十人ほど、かがり火のまわりで祈りを捧げている。

かがり火は一間ほどの高さの台の上で焚かれている。皿のようなかたちの焼き物の上に、薪が置かれ、それが勢いよく燃えている。台は町角にある常夜灯のように板が打ちつけられていて、中は見えないようになっていた。

火は絶やさないようにしている。

三日三晩燃やしつづけるという儀式だそうで、今日が二晩目らしい。

近づいてかがり火の中をのぞきたいが、見張りがいて近づけない。

「その丸めた紙は自分で投げ入れるのかい？」

藤村が小声で訊いた。

「そうだね。下からぽんと」

「ふうむ。たぶん、火に勢いがあるから、真ん中には行かねえ気がするな」

藤村はそう言って、境内に落ちていたどんぐりを拾った。見張りが見えにくい方角に回ると、それをぽんとかがり火の中に投げ入れた。

からん。

と、音がした。

「火が燃えているところで、からんと音なんかするかね」

「ほんとだな。どういうことだろう？」

夏木は弓矢の的を見るような目で、かがり火を睨んだ。

「たぶん、あの台はこんなかたちになっているのさ」

藤村は棒っきれを拾って、地面に絵を描いた。かがり火の明かりが境内の隅にまでうっすらと届いている。

「こんなふうに、火が燃えているのは中央部だけで、まわりは下につづく空洞になっているのさ。だから、丸めた紙は手前の溝に落ち、これはころころ転がって、下のほうに行く」

「ということは、あの中に」

「そう。あの台の中に隠れているやつがそれを読み、ちっと狐憑きみたいになった娘っこにこう言いなと教えてやるのさ」

「なるほど。では、あの台を叩きこわしてやればいいか」

夏木がそう言うと、

「いや、あっしに面白い考えが浮かんだ。その役は引き受けたよ」

仁左衛門が嬉しそうに言った。

翌日――。

まもなくこの儀式が終了するというので、信者や近所の者たちが大勢集まって来ていた。すると、境内の裏手あたりから、湯の入った鍋を抱えた男が、よろよろとかがり火のところに近づいた。仁左衛門である。

見張りの者もわけがわからず、近づいた男をぼんやり見ている。

かがり火のところまで来た仁左衛門は、鍋の湯をいきなり上の皿のかたちをした台のところに注ぎ入れたのである。

一瞬の間があって――。

「あち、あちちち」

と、下から男が飛び出してきた。湯をかぶったらしい。

「あんた、なんでそんなところに？」

と、仁左衛門がしらばくれて訊いた。

「いや、なに」

「ここに湯を入れたのに、なんであんたが浴びるんだ？　しかも、火は消えないし、どうなってるんだろう？」

「ほんとだ。これはおかしいぜ」

と、藤村が用意していたはしごを持って来てのぞきこむ。

「ありゃあ？」

「どうした、どうした？」

近所の氏子たちも詰め寄る。

「丸めた紙は下に落ちるんじゃねえか」

「あっ、こいつ、それを読んだんだよ」

もはや大騒ぎである。

「神主。あんた、天照大神はどうしたんだ」

「いや、わたしはこんなこととはゆめ知らず……」

げむげむの幹部はすでにさりげなく逃げてしまっている。


数日後──。

藤村は鮫蔵と並んで大川を眺めていた。朝からの雨で、水は灰色に濁っている。

上げ潮どきらしく、上流から来る水は押し込まれ、小さな渦がいくつもできていた。

雨が傘を叩く音はうるさいくらいである。

「いよいよ明日だそうだぜ」

「そうですか」

何がとは訊かなくてもわかっているのだ。教祖の寿庵をはじめ、げむげむの幹部たちをいっせいに捕縛するのだ。その準備も証拠固めも終わっている。

「あんたが寿庵に縄をかけるべきだ」

と、藤村は川を見たまま言った。

今度の功労者が鮫蔵であることは、奉行所も知っている。それくらいの願いは聞き入れてくれるはずである。

「いや、あっしのやることは終わってるんですよ。腹を刺されたところでね。それ以上は長助にでもやらせてください」

「長助にな。あのガキは気になるらしいな」

「そうですね。あっしは子どもをつくっちまったみてえだ」

「いいじゃねえか、血なんか通ってなくとも、親子になれるぜ。そんな家族はいくらも見てきたよ」

むしろ、血にこだわらない分、その愛情は純粋なものに見えたりする。血筋の者への偏愛は、なんのことはない自分が大事なだけだったりする。

「そうじゃねえんだ、旦那。あっしは親になる資格なんざねえんだから」

「そんなもの、おいらにだってなかったぜ」

藤村がそう言うと、鮫蔵は薄く笑った。

「いいですか。あっしは、おやじを斬ってるんですよ。この手で」

「…………」

雨の音が消えた気がした。

「いつのことだ？」

「十八のときです。四十年前になります。あの晩のことは忘れようったって忘れられねえ。満天に星が光ってた。かわずがうるさいほど鳴いてた。おやじが血を噴出させながら田んぼに倒れ込んでいった」

鮫蔵の身体が揺れだした。倒れそうになったのを、藤村は腕を取って支えた。

「しっかりしろ」

「斬らなきゃ自分が押しつぶされそうだった。おやじの期待と誤解と押しつけに……逃げればよかったのに。殺すことまでしなくてよかったのに……それが、寿庵先生の罪をあばこうなんて、ちゃんちゃらおかしくてね」

おかしいと言いながら、傘をはずして、顔を雨に当てた。涙を雨で流しているようだった。

「その話は、いままで誰かに言ったのかい」

「いいえ。でも、権助親分は知っていた気がします。酔っ払ったときにでも口走ったのかもしれねえし、なんでもよくわかる人だったから」

〈海の牙〉は、雨の音に閉じこめられたようだった。客は少なく、初秋亭の三人のほかにはいちばん奥に若い男女がいるだけだった。

「鮫蔵はお縄をかけるってかい？」

と、仁左衛門が訊いた。そうしたらいいと、ゆうべ、三人で話したのだった。藤村が、あいつの気持ちを訊いてみろと。

「それどころじゃなくなっちまったよ」

「なんだい、それは？」

「とんでもねえ話を聞いてしまったのさ……」

藤村は二人に鮫蔵の話をした。ここから洩れる心配はないし、鮫蔵も二人に話すのは暗黙の了解だったろう。

「なんだと……」

「そりゃあ、また……」

言うまでもなく、親殺しは大罪中の大罪である。

「それが過去の罪に怯(おび)える死にたがりって意味だったのさ」

「…………」

あまりの衝撃に、夏木と仁左衛門もしばらく言葉がない。

店のあるじの安治も、三人の異様な雰囲気を感じ取ったらしく、調理場の奥で横を向いて煙草を吸っていた。

「だが、鮫蔵が藤村に言ったということは……」

「裁きを受けてもいいという気かね」

「裁き？　そりゃあねえな。だって、あいつがそれをやったのは武州八王子(ぶしゅうはちおうじ)で江戸の外だぜ。しかも、鮫蔵は武士だもの、町方では裁くことはできねえ」

「たしかにな」

「でも、ひどい話なのに、鮫蔵がかわいそうな気がするのはなぜなんだろう」

と、仁左衛門が言った。

「それは誰でもどこかにそういう思いがあるからだろうな。本当に殺しちまったらまずいんだがな」

　と、藤村が答えた。

「わしはいままで言わなかったが、倅の洋蔵を手にかけそうになったことがあった。あいつがあまりにも暴れてばかりいたころ、カッとなってな。洋蔵もその気配を感じたのだろう。向こうも抜くなら抜くぞという構えに入った」

　と、夏木がつらそうに言った。

「そうなのかい」

「あのとき、洋蔵がわしを斬っていれば、あやつは親殺しの罪で裁かれていただろう。あるいは鮫蔵のように逐電したかもしれぬ。鮫蔵の話はけっして他人ごとではない」

「そうだろうね」

　藤村は深くうなずいた。

　康四郎は子どものときから暢気なところがあり、あまり激昂するようなことはなかった。それでも、同心の見習いになったときは、自分は自分だという態度をあらわにしてきたものだった。

　もしも、それを未熟なくせにと押さえつけていたりすれば――そういう気持ちは藤村にも充分あったのだが、二人のあいだの感情はあやういものになっていたかもしれない。父と子というのは、つねにそうしたあやういものを孕むのだろう。

「難しいよな」

仁左衛門がつぶやき、

「難しいのさ」

夏木がうなずく。

「そりゃそうだ。おいらたちは、子のたまわくのきれいごとの世界に生きてるんじゃねえもの」

雨はさらに強くなったらしく、静けさはいっそう重みを増してきたようだった。

三

この日――。

寿庵はめずらしく谷中の家で寝坊をした。雨はあがり、しきりに小鳥の鳴き声が聞こえていた。玄関口の障子に当たっている日差しを見ても、五つ（午前八時）は過ぎている。

小僧が実家に帰っていて、一人だったこともあるかもしれない。だが、毎朝、小僧に起こしてもらっていたわけではない。逆に寿庵が小僧を起こしていたくらいである。

疲れているのはもちろんだった。いつもどこかしらに痛みやだるさがある。今日は肩がずっしりと重かった。朝食をとる気にもなれないほどで、湯をわかし、白湯を時間をかけて飲んだ。

目の前におようが座っている気がした。

「およう、来てるのか？」

と、声に出して訊いた。

ゆらゆらと気配が動いた気がした。あるいはこちらが目まいでも起こしたのだろうか。

「何か言いたいことでもあるのか」

今日は命日かと思ったが、まだ十日ほどあった。おようが逝った日と同じく、秋晴れの爽やかな日だったが、あの日はなかったはずの強い風が吹いていた。

今宵、おそらく例の企みが実行されるにちがいない。新月であり、ふざけたことに大安だった。大安という言葉も耳にしていた。

旗本と札差と材木屋がつるんで、江戸の町を火の海にしようとしている。

——なんとか阻止するからな。

と、寿庵は思った。

幹部の中にも当てにならない連中が出てきていた。だが、何人かはわたしの頼みを聞いて、やつらの動きを封じてくれるだろう。

音蔵と全暁はもう信用できなかった。先日は築地の神社でくだらぬ儀式をおこない、手妻のようなことをして、信者を増やそうとしたらしい。そんなことをすれば、まともな人間は逆に信仰から遠ざかってしまう。

ただ、寿庵は不安だった。予想とはちがうできごとが起きているような気がした。

——およう。

もう一度、最愛の娘の名をつぶやいた。


寿庵の予感は当たっていた。

朝からいっせいに奉行所が動いたのである。何かやらかす前にというのが奉行の判断でもあった。

北町奉行所はほぼ総出の大捕り物となった。

音蔵は花川戸町の裏長屋で、起きたばかりのところを五人がかりで押さえつけられた。それでも二人ほどは音蔵に横っ面を殴られ、一人は顎の骨を折ったほどだった。

あとでみんなの話を照らし合わせると、いちばん苦労したのは、坊主頭の全暁だった。いったんは逃げられてしまった。寺町に入り、寺の縁の下をくぐって逃走した。完全に見失ったが、音蔵のところに逃げて来て、奉行所の連中と鉢合わせになったのだった。

こうして、幹部が次々にしょっぴかれた。

「やっぱり、あっしに縄を打たせてもらいてえ」

まだ夜明け前に、鮫蔵は長助とともに北町奉行所まで来ていた。

歩くことは歩いてきたが、まだ立った姿も弱々しいので、同心たちは皆、「無理ではないか」と心配した。取り逃がすことがあってもまずい。

だが、ほかならぬ鮫蔵の願いというので、与力もこれを許した。

寿庵はおそらく抵抗することはないだろう。ただ、自害だけは心配だというので、家の中で捕縛するのはやめることになった。手元に小さな刃物でも隠していないともかぎらないのである。

外の道、それも橋の上や人だかりではなく、見通しの利く広い道で捕まえようということになった。

谷中の寿庵の家は五日前から完全に見張られている。

菅田と康四郎、吟味方与力の松田重蔵、ほかに岡っ引きや小者十人ほどが、家を遠巻きにした。

藤村と夏木、仁左衛門の三人も、近くまで来ていた。夏木は見たくないと言ったが、今朝になって、「遠くからでも寿庵がしてくれた治療に頭を下げたい」とやって来ていた。

四つ過ぎになって――。

寿庵は谷中善光寺前町の家を出ると、善光寺坂を下った。根津権現門前町にある女郎屋の患者を診るためだった。

「金にもならねえ女郎たちを診てるんです」

と、鮫蔵は隣りにいた康四郎に言った。

「あの人に縄を打って、女郎たちは明日から誰に病を診てもらうんでしょうか」

「それは……」

康四郎は言える言葉が見つからなかった。

坂を下りきると藍染川（あいぞめがわ）という小川にぶつかった。小さな橋がかかっていた。この橋のたもとへ、鮫蔵はよろよろと出て行った。

坂上から来た寿庵は、橋の上で立ち止まった。すぐに四方を同心や岡っ引きたちが囲んでいるのもわかった。

橋から飛び降りても、小川で尻（しり）を濡（ぬ）らすくらいしかできない。

「よう」

鮫蔵が悲しげな目で寿庵を見た。

寿庵が鮫蔵の言葉を聞いたのは、あの雨の日以来だった。音蔵が刃物を突きつけ、自分がうなずいた夜。雨は終末のように降りしきり、大川は運命よりも黒々としていた。

「ほう、そこまで回復できるとは思わなかった。どこの名医が治してくれたのかな」

「なあに。寝てただけだよ。嫌な夢をしこたま見て……これも、その嫌な夢のつづきかもしれねえ」

「いや、夢じゃない。鮫蔵さん。あんたはたいした岡っ引きだ」

鮫蔵が寿庵に縄を打とうとよろけながら近づいて来た。

「追いかけて来た甲斐はあったかい？」

と、寿庵が訊いた。

「甲斐なんざねえ」

鮫蔵は吐き出すように言った。

「あたしを捕まえるのはかまわないよ。だが、それが今日というのはまずかったね」

「どういう意味だ？」

「じつはさ……」

と、寿庵は遠い目をした。

寿庵は用意してあった唐丸駕籠に乗せられた。唐丸とは鑑賞用の雉の一種で、これを飼うための駕籠が、いつの間にか罪人の護送用に使われるようになった。

藤村たちは、駕籠が動きだしたのを半町ほど離れた塀の陰で見送った。

だが、寿庵が運ばれたあとも、おかしな気配があった。

同心や岡っ引きたちが、切羽詰まったようすで、何か話し合っている。

「なんだろう？」

藤村は気になった。

「行ってみようぜ」

三人は人だかりに近づいた。

「どうかしたのかい？」

と、藤村は鮫蔵に訊いた。

「ええ。じつは……」

寿庵は最後に驚くべきことを語っていた。

悪党の旗本と、札差と、材木屋がつるんで、江戸に火をつけようとしている。

新月の風の強い晩。

今日は新月である。しかも、乾いた風が吹いている。

寿庵はなんとかそれを阻止しようとしていたらしい。

「旗本の名は言ったのか？」

「いや」

「なんでだ。おれたちには阻止できねえってえのか」

「江戸は焼けたほうがいいのかもしれないと。助かるべき人たちはきっと助かるはずだと。げむげむの魂が試されようとしていると」

「あの寿庵が……」

最後にそんな復讐(ふくしゅう)をするのか。江戸が焼かれ、罪もない人が逃げまどうのをよしとするのか。これだから人間てえのはわからないのだ。昨日まで小さな命を救うのに駆けずりまわった男が、今日は江戸の滅亡を願ったりする。

「警戒するしかあるまい。すぐ触れを出させよう。八百八町の番屋に夜通し火の用心をさせるのだ」

と、与力の松田重蔵が言った。

それでも藤村は不安だった。広い江戸である。どうやって警戒などしきれるのか。誰かが火をつけようと思ったら、どこにだってつけることはできる。てめえの家の中を出火場所にすることだってできるのだ。いったん出してしまえば、暗く、乾いて、風の強い夜。ひとたまりもない。

「やろうとしているやつを見つけなくちゃ阻止はできねえな」

と、藤村は空を見て言った。

「すぐに、その旗本と札差を調べよう」

康四郎が長助に言った。

「間に合わねえな」

と、藤村は言った。

万が一、見つけたとしても、旗本や札差なんぞは白を切るだけだろう。しかも、てめえでは動かない。動くのはいちばん儲けに直結する男、材木屋だ。

「それなら、長助。寿庵と捕まえた幹部を叩こう」

と、康四郎が言った。

「わかりました」

だが、ああした連中が吐くかどうか。げむげむさまがついているのだ。信念のある者を力ずくで言うことを聞かせるのは難しい。

――ちがうんだ。実行役を探さなくちゃならねえのさ。

と、藤村はつぶやいた。

四

いまはもう昼近くだった。

藤村慎三郎は走りだしていた。夏木と仁左衛門にはあとから追いついてもらうことにした。

走るのはひさしぶりだった。すぐに息が切れた。こういうときにかぎって、駕籠も来ない。胸はきりきりと痛い。喉が変な音を立てている。

藤村の走るようすを見て、若い娘が笑った。笑ってろよ。お前らの夜を安らかなものにするため、この糞おやじが走ってんだぜ……。

神田川のほとりまで出て、ここで猪牙舟を拾った。

「深川、木場まで急いでくれ」

藤村は一人の男を思い浮かべていた。三原屋角兵衛。木場の大旦那で、以前、芸者のもめごとのことで心が通じ合った——かもしれない。

木の香りに囲まれた水の町までやって来ると、中でもひときわ大きな材木屋に飛び込んだ。

「旦那はいるかい？」

「あいにくと出かけました」

手代が丁重に頭を下げた。

「どこへ？」

「昼飯を食いに」

「もどるんだな」

「もどるとは思いますが……」

木場の大旦那は、居間におとなしく座って飯なんざ食わない。どこぞのお得意さまとそろばんの玉をはじきながら食うか、ひいきの芸者と遊びながら食うか。女遊びはおしまいにすると言っていたが、飯くらいは食わなければ深川の粋筋が許さない。それが半刻で終わるか、一刻ほどかかるかわからない。

どこか近くの料亭か。だが、うろうろ探しまわるよりは、ここで待ったほうが行きちがいにならなくてすむというものである。

藤村はじりじりしながら待った。待つという行為は、人をいちばん疲弊させるものかもしれなかった。

そして、三原屋が帰って来た。

ほぼ一刻経っていた。

「ほう。藤村の旦那じゃありませんか」

親しげな笑顔だった。昔、この男とも大川で泳いだことがあったような気がした。

「三原屋さんに、ぜひ、教えていただきたいことがあってね」

「はて。藤村の旦那にお教えできることがあったかどうか」

「材木の買い占めがありませんでしたかい？」

もう、遠回りして訊くような猶予はない。

「ああ」

「このひと月ほどで」

「ありましたね」

「誰が動いたか教えてもらいてえんで」

「同業者の秘密はね」

それは信義に悖るのである。

「たぶん、今宵、赤い猫が走るんで」

「なんと」

「おたくらの商売は儲かるかもしれねえ。でも……」

そこまで言って、むなしい風が吹きすぎる気がした。

「そうだよな……木場の大旦那に、焼け出された一家の呆けた表情を思い浮かべることは難しいかもしれねえしな……」

藤村はそう言った。悔しさのような気持ちがこみあげてきた。

三原屋は藤村の目を見た。

「藤村の旦那。何も難しいことはないですよ。うちは代々、網元をしてましてね。

漁というのがまた、帰って来ない船が多いんです。わたしが子どものころもまだ網元をしてましてね、そんな光景をずいぶん見たものです。帰って来ない亭主や倅を待って、船着場でぼんやり夕暮れの海を見つめる人たちをね。うちはそれがつらくて、海から陸に上がったんです」

「そうだったかい」

「あの、海を見つめていた女房や子どもたちの顔と、焼け出されて明日を見つめる一家の顔はちがいますかね」

「同じだろうね」

　と、藤村は深くうなずいた。嬉しさがにじんできた。強い者が弱い者を蹴倒すようにして生きていくこの世に、ときおりこんなふうに優しくて強い男が現われるということが、疲れた中年男をほんのすこし喜ばせてくれるのだ。やはり三原屋角兵衛という男は、金だけに目がくらんだ木場の旦那とは一線を画していた。

「赤い猫はいけませんよ」

　と、三原屋は言った。

「まったくだ」

「嵐は止められないが、赤い猫は止められる」

「おおせのとおり」

「木曽屋さんですよ」

と、三原屋は同業者の名を告げた。

夏木と仁左衛門がようやく追いついて来た。

「木曽屋だ」

「そうか」

「見張るぜ。必ず動くはずだ」

深川きっての大手である。三原屋より大きい。

見張りはじめてまもなく、その店から五人の男たちが出て来た。いずれも腕の太い、俊敏そうな男たちだった。ただ、材木よりは、人の死骸を運ぶほうがさまになりそうな男たちだった。

暗くなってから動くかと思ったが、もう動きだした。それはそうだった。火付けにも慈善事業にも、準備というのは必要だった。

あぶなかった。あとすこし遅かったら、火付けをするやつらを見逃すところだった。

連中の船は三十三間堂の裏手に留めてあった。

さりげなく周囲を見まわし、五人の男たちは乗り込んだ。船は湯船だった。川の上で湯浴みができるという、いかにも深川の大旦那たちが好きそうな遊興だった。

「そうか、湯船を使うのか。ああやって火を焚いていてもなんの不思議もねえ。途中で御船手組あたりにつかまっても、言い抜けられる」

藤村たちのわきを滑るように船が出て行った。

「藤村さん。番屋に報せるかい」

「間に合わねえ。とりあえず三人で追うぞ」

留めてあった漁師の船の舫いを解いた。それに気づいた漁師が、岸で怒鳴った。

「あっ、こら」

「あとで熊井町の初秋亭に来てくれ。礼ははずむぞ」

汐見橋をくぐって、大島川に出た。もっと暗くなれば赤い提灯の明かりがゆらめく遊興の地である。ゆっくりと抜けて行く。

深川に火はつけない。炎が押し寄せれば、水に浮かべた材木も匂いはつくし、焦げたりもする。一級の材木が屋根葺き用にしなければならなくなる。蓬莱橋から石島橋、黒船橋の先をほぼ直角に曲がって、三蔵橋をくぐった。

左手は武州忍藩の下屋敷。大川の手前に、武家方一手橋と呼ばれる橋があり、これを抜ければ越中島は切れる。

目の前は大川の河口だった。

初秋亭が見えてきた。

「こんなことになるのだったら、弓を持って来ればよかった」

と、夏木が言った。

「取って来てやるよ、夏木さま」

「いいのか」

仁左衛門が着物を脱ぎ、大川に飛び込んだ。

「そのまま行ってくれ。追いつくから」

「仁左。弓は楊弓ではなく、大きいほうを頼む」

「わかりました」

仁左衛門は泳いで〈初秋亭〉に行き、たちまち弓矢を取って来た。

「冷たいだろう」

「水の中は一足先に冬が来てるよ」

仁左衛門は船に上がると、激しく震えはじめた。

「これさえあれば五人くらいはどうにでもなる。さっさと討って出ようか」

と、夏木は言った。

「いや。言い逃れできないかたちにしてからにしようよ」

藤村が首を横に振った。


湯船は新川に入った。いつの間にか、陽は斜めに傾いていた。ここからはつるべ落としの夕暮れだった。

「酒問屋にでも火をつける気かね」

と、仁左衛門が言った。

「ちがうな。ここらは霊岸島だ。新川の酒問屋には何人か知り合いもいた。堀で火が止まらないともかぎらない。御船手組の番所を避けて、日本橋のほうに入るのさ」

湯船は八丁堀のわきを行く。与力同心たちが嘲笑（ちょうしょう）されている気がする。

「くそっ」

藤村が呻（うめ）いた。

「藤村さん。あのへんで伝言を頼んで来るよ」

「大丈夫か、仁左」

「あっしはもう水中戦をやる覚悟だよ」

　身体を強くこすりながら言った。

「おう、そういえばやったなあ、水中戦」

　夏木が笑った。

　棒っきれを持って、大川の川底で突っつきあった。あれが四十年後の今日の訓練になるとは、当時は夢にも思わない。将棋にたとえれば、人生の九四歩。

　仁左衛門がふたたび、飛び込み、岸に上がった。

　しばらくして、また、船にもどってくる。化け物にでも会って来たみたいに激しく震えている。

「言って来たよ。お宅は留守だったが、あのあたりにいた中間に、康四郎さんか誰かに日本橋川の湯船を捜してくれと」

「助かるぜ」

「それと、あんまり寒かったから、藤村さんの着物を一枚、借りて来たよ」

「おう、来月の親類の祝儀のためにあつらえた新品だ。苦手な親類なんだ。どんどん濡らしてくれ」

湯船は江戸橋をくぐった。夕日が川面を赤く染めていた。

「おい、まさか」

「いや、そうだよ」

「あの野郎ども。天下の日本橋で火つけをする気だぜ」

風は南から北へ吹いていた。

日本橋のたもとは魚河岸である。かんたんな、掘っ立て小屋に毛が生えたくらいの、それだけに火のつきやすい小屋が並んでいる。日本橋の下で燃え盛ったら、橋は落ちるわ、魚河岸は火の海になるわ。しかも、その火はたちまち、室町から十軒店と、江戸の目抜き通りを這い上がって行く。

夏木は左足を手ぬぐいで船の横木に縛りつけていた。

「夏木さま。何してるんだい？」

「この不本意なほうの足が踏ん張りがきかぬと、弓を射るのに困るのさ。動かぬようくくりつけたいのだ」

「手伝うよ」

「仁左。もっときつく結んでくれ」

「夏木さま。痛いよ」

夏木の顔が大きくゆがんだ。

「かまわぬ。びくとも動かぬくらいに」

湯船から火が見えていた。

ふつうの火ではない。油をたっぷり含ませているのだ。

「あれじゃ、おそらく湯船の中も油なんだろうな」

仁左衛門が舌打ちした。

「よし、ぶつけるぞ」

櫓を漕いでいた藤村が叫んだ。

激しい衝撃が来た。

藤村が飛び移った。すでに刀は抜き放っている。

「乗り移るぜ」

「てめえ、この野郎」

男たちが刀を振りかざして飛び出して来た。

一人の剣を受けた。力はあるが、学んだ剣ではない。上から叩くと、刀が落ちた。

だが、わきからも別の男が迫ってくる。

夏木の弓がうなった。矢が男の二の腕に突き刺さる。

仁左衛門がまた飛び込み、大海原を走るマグロの速さで泳ぎきり、トビウオの勢いで岸に上がった。

「曲者(くせもの)だ、火事だ」

大声で騒ぎだした。魚河岸の男たちが駆け寄って来る。

「あの野郎」

一人が船から飛び降り、河岸を駆け上がった。

仁左衛門に刀で斬りつけようとするその肩に、矢が深々と刺さった。

この距離なら、心ノ臓も楽に狙える。だが、夏木は急所をはずした。初秋亭のさまざまな仕事で学んだいちばん大きなことは、人の急所をはずすことだったかもしれない。

「とあっ」

藤村の剣が男の肩を斬った。

だが、もう一人いる。

ちょうど藤村の背に隠れて夏木は弓を射ることができない。

「藤村、わきに寄れ」

「足元が悪くてさ」

じつは疲れてきた。初秋の剣はやはり疲れるのが早い。

そのとき――。

十手が宙を舞った。敵の頭にがつんと音を立てて当たった。男の腰が砕ける。

岸に鮫蔵がいた。ずいぶん痩せたが、ふてぶてしい笑いはまぎれもなく深川の鮫だった。

さらに、もう一人いた敵を、藤村康四郎が峰を返した地摺りの剣で叩き伏せていた。

五

冬の空は雲一つなく晴れ上がっていた。

藤村たちは、初秋亭から永代橋まで向かう途中だった。

「おい、看板ができちまったよ」

と、藤村が顔をしかめた。

通りの一軒の家。本来ならここにうなぎ屋が入るはずだった山形屋の家作に、女たちだけでつくった小間物の仕事場が入ったのだった。

あるじというのはおらず、夏木志乃、藤村加代、そして七福堂のおちさがお金を出し合ってつくった仕事場だった。

藤村たちが立つと、二階の窓が開き、夏木の奥方の志乃が顔を出した。

「あら、お前さま」

「まったくこんな近くに来るとは」

「でも、これでお前さまも何かと安心でございましょう」

「まいったな」

夏木はそう言ったが、しかし、そういう面もないではなかった。

「看板を見てみなよ」

と、藤村がそれを指差した。

女らしい細やかな文字で書かれてあった。しかし、その言葉は、文字のわりには大胆な意味合いだった。

女たちの仕事場の名は、「早春工房（そうしゅんこうぼう）」だった。

「まいるよな。おいらたちは初秋だってえのに、女たちは早春だもの」

「勝てるわけがないよねえ」

と、仁左衛門もうなずいた。

永代橋のたもとには、すでに鮫蔵が来ていた。

長助もいっしょにいたが、しかし同行するわけではない。鮫蔵は一人で旅に出るのだった。

行き先は遠国ではない。武州八王子。そこの外れにある父の墓に参るということだった。

行かせないほうがいいのではないか。そこで、鮫蔵もまた自害してしまうのではないか。まだ、引きとめておいたほうがいいのではないか。

長助も言ったし、藤村たちも一度はそう思った。だが、鮫蔵がこれから生きていくうえでもそれは避けられないことであるはずだった。

「よう。聞いたかい、寿庵のことは?」

藤村が鮫蔵に訊いた。

藤村はゆうべ、康四郎から聞いた。鮫蔵も長助から伝えられているはずだった。

「ええ、聞きました」

寿庵は自害したのだった。五日のあいだ、食べ物も水もいっさいとらず、身体が弱ったところで息を止めた。自分で窒息死をするという驚いた死に方だった。

「見事なもんでさあ」

と、鮫蔵は言った。

自害をほめるのが嫌な気がして、藤村は思わず言った。

「もどって来たら、初秋亭に入れてやるぜ」

「とんでもねえ。あっしなんざ」

「おい、鮫蔵。おいら、おめえの謙虚な言葉を聞くと、ここらに虫唾が走るぜ」

「そいつはどうも」

鮫蔵は長助から荷物を受け取った。それから笠をかぶった。

準備は整っていた。

「よう、鮫蔵。聞いてくれ。おいら、ゆうべも思ったんだがな。もしも倅に殺されたとしてだぜ、倅のことを許さねえもんかなって思ったのさ。鮫蔵、自信を持って言うけどさ、おいらだったら申し訳ねえことをさせちまったと思うぜ。親殺しなんかさせちまって、なんて馬鹿な親だったんだろうって」

「…………」

「鮫蔵。それはわしもそう思う」

と、夏木もうなずいた。「子どもにへりくだるわけでもなければ、子どもをつけあがらせていいわけでもない。だが、親のほうが大人なのだ。人生の先達なのだ。そこまで憎ませるようなことを、大人や先達はすべきではない」

「夏木さま……」

「だから、あんたのお父上も絶対に、あんたのことを許してるはずだって」

仁左衛門が言った。

鮫蔵は深々と頭を下げた。

しかし、それが帰って来るという返事かどうかはわからない。

「じつは、あっしの若いときの師匠が、よくおっしゃっていた言葉がありました。旦那(だんな)たちを見てると、それをちゃんと実践できる人がいるのだと感心しちまうんです」

と、鮫蔵は言った。

「なんて言ってたんだい？」

「苦しみながら、働きつづけるのだ。安住などというものを求めてはいけない。なぜなら、この世は巡礼なのだから」

「そうか、巡礼か」

藤村はうなずき、それから寿庵のことを思った。寿庵もどこかで道に迷ったが、あれも巡礼の旅だったのではないか。

「わかる気がするぜ」

「だが、わしらはそれほど立派でなんかあるもんか」

と、夏木は笑った。

「そう。やれることしかやらないしね」

ただ、三人とも安住などというものは端からあきらめている気がした。

「では」

鮫蔵は振り向き、永代橋を西に渡って行った。ずいぶんしっかりしてきて、八王子くらいなら日帰りして来そうな足取りだった。

「もどって来るかね」

心配そうに仁左衛門が言った。

「わからねえな」

と、藤村は言った。

わからねえんだ、人間てえのは――この言葉は初秋亭をつくってから、ずいぶんつぶやいた気がした。だが、それは本当のことだった。深川きっての嫌われ者が、善意の人の悪事をあばくのがこの世だった。善と悪。極楽と地獄。聖と俗。この世というのは、いろんなものが混じり合うところだった。

「さて、もどるぞ。わしはまた、猫探しを頼まれてしまった」

夏木が踵を返した。

「凄いからな。夏木さまの猫探しは」

仁左衛門もそう言って歩きだした。

「だって、最近じゃ夏木さんの顔を見ると、猫のほうから出て来るって話だもの」

と、藤村がからかった。

「はっはっは。それだったら楽なんだがのう」

三人は笑いながら、冬の日差しが照る永代橋から初秋亭へと引き返して行った。

※お気づきの方もおられたでしょうが、この物語に周五堂先生の教えとしてときおり登場した「苦しみながら、働き……」うんぬんの文言は、山本周五郎の『青べか物語』で著者の座右の銘として紹介されるストリンドベリィの言葉を引用したものです。なお、『青べか物語』では、このように訳されています。

苦しみつつ、
なおはたらけ、
安住を求めるな、
この世は巡礼である

夏木権之介の猫日記（七）　空飛ぶ猫

一

近所に住む船頭の弥兵衛(やへえ)が、初秋亭に顔を出し、句作に取りかかっていた夏木に、

「やっぱり、昨日言ったことは間違いありませんよ」

と、言った。

「空飛ぶ猫の話か？」

夏木は筆を置いて訊(き)いた。

「そうなんです」

弥兵衛は、昨日も同じことを言ってきていたのだが、夏木は詳しい話を聞こうともせず、

「酔っ払ってたんだろう？」

と、軽くあしらっていた。猫が毎晩、空を飛んでいるというのだ。化け猫だって、

夜中に行灯の油を舐めるくらいで、空なんか飛んだりはしない。

　なにせ、弥兵衛というのは、この界隈で知らない者がいないくらいの大酒飲みなのだ。

「酔ってなんかいませんよ。あっしは、酒はきっぱり止めたんですから」

「いつ？」

「半月前ですよ。酔っ払って舟を漕いでて、客を落っことしちまいまして。あっしも慌てて飛び込んで、なんとか助け上げたんですが、あやうく溺れ死にさせるところでした。それで、もう酒は飲まねえと決心したんですから」

「じゃあ、まだ酔いが残ってるんだな」

　そう言って、追い払ったのだった。やめたと言って、半分だけやめている酒飲みや煙草飲みは、大勢いる。

　だが、そのあと、番屋で聞いたところでは、弥兵衛は心底、反省したらしく、本当にいまのところ酒を断っているのだという。半月も酒を抜いているなら、さすがに酔いは残っていない。もしも、また同じことを言ってきたら、ちゃんと話を聞いてやるかと思っていたのである。

「これで五日連続です」

と、弥兵衛は言った。

「見たのか、猫が空を飛んでいるのを？」

「はっきりとは見てねえんですが、ニャアニャアという鳴き声がして、慌てて戸を開けると、向こうの空へ黒い影が消えて行ったんです」

「ふうむ」

「酒を止めると、そういうおかしなものが見えたり聞こえたりするんですかね。怖くなってきました」

弥兵衛は青い顔になっている。

じつは、夏木が心配したのもそのことである。酒を飲み過ぎた人間が、飲んでいなくても、昼間から幻覚を見たり、幻聴が聞こえたりするようになる話は、しばしば聞いたことがある。そうだとすると、面倒なことになる。いきなり暴れ出して、他人に危害を加えることも、ないとは限らない。

二

「出るのは遅くなってからか？」

と、夏木は訊いた。

「いや。そうでもないです。日が暮れて、半刻もしないうちです」

五日連続で出たなら、今宵も出てくれるのではないか。

「行ってみるか」

「来てくれますか」

藤村と仁左衛門は出かけていて、今宵は夏木一人で行くことにした。

途中、総菜屋で二人分の弁当をつくってもらい、それを持って、弥兵衛の家に来た。

弥兵衛の家は、大川の河口近くにある。ここらは土手もなく、漁師たちの家が並ぶ一画になっている。その漁師の物置を改築したという小屋のような造りの家だが、なかはちゃんと畳も敷かれ、当人がこれは茶室だと言い張るなら、なんとか侘茶貧派の茶室だと認めてやってもいいくらいである。

ただ、壁は適当に塗ったものらしく、染みがいくつも浮き出ている。夏木はその染みを指差して、

「おい、この染みはなにかに見えるか？」

「え？」

弥兵衛はじいっと見詰めたが、

「いやあ、ただの染みでしょう」

「それならいい」

染みが化け物だの、女の痴態だのに見えるなら、酒毒にやられているかもしれないと思ったのである。

外はすでに暗くなっている。

夏木が買ってきた二人分の弁当を広げた。

「お前も酒をやめたのだから、女房をもらったほうがいいのではないか？」

「いやあ、そんな気はさらさらありませんよ。あんなものもらった日には、文句ばっかり言われ、子どもができれば、食わせるのに必死で働かなくちゃならねえ。ま、酒をやめた分は、花魁にでもつぎ込みますか。へっへっへ」

どうにも能天気な男である。

鳴き声がするというのは、大川に面したほうで、雨戸は開け放し、外が見えるようにしている。

弁当を食べ終え、弥兵衛が沸かしてくれた白湯をすすっていると――。

「ニャアニャア」

外の闇のなかで、鳴き声がした。

夏木はすぐに闇に目を凝らした。行灯などはつけていなかったので、闇に目は慣れているはずだが、それでもはっきりとは見えない。

左から右へ。

それは、本当に猫のように鳴きながら、飛んでいた。

その影を見送って、

「なんということだ」

と、夏木は額に手を当てながらつぶやいた。

「猫でしょう？」

「いや、猫ではない」

「なんです？」

「カラスだった」

「カラスがニャアニャア鳴きますか？」

「…………」

確かにカラスは「カアカア」と鳴く。「ワンワン」が犬で、「ニャアニャア」は猫だけだろう。しかも、猫っぽい鳴き声というより、まるで人が猫の鳴き真似をしているような声だった。すなわち、化け猫ということなのか。

「ううむ」

夏木は頭を掻きむしった。

夜の世界で、なにやら奇っ怪なことが起きているのかもしれない。それともカラスの世界でか。あるいは、夏木の頭のなかでなのか。

三

翌朝——。

夏木は憂鬱な気分で永代橋を渡った。昨夜、あのあと弥兵衛は、

「あっしは、酒の飲み過ぎで頭がやられたと心配してたのですが、旦那も見たとなると、それは大丈夫みたいですね」

と言ったのだが、

「安心するのは早い」

夏木はそう否定した。なんとなれば、夏木のほうも中風から完全に回復していないという懸念がある。酒毒にやられた弥兵衛と、中風病みの夏木が、同じ幻を見た

のかもしれない。

初秋亭には、珍しく仁左衛門が先に来ていて、

「おや。難しい顔をしてるけど、なんかあったのかい、夏木さま？」

と、訊いた。

「うむ。ちと、お前に訊きたいが、近ごろ、わしと話していて、なにか変だと思ったことはないか？」

「変？」

「話が頓珍漢だったり、やけに間が空いたり、おかしな目つきをしていたり……」

「いやあ、そんなことはなかったよ」

「そうか。じつはな……」

昨夜、弥兵衛の家で見た光景を語った。

「カラスがニャアニャア鳴いて飛んでた？」

「信じられるか？」

「それはもしかしたら、あり得るよ、夏木さま」

仁左衛門は意外なことを言った。

「あり得るものか。四十七士が猫に襲いかかって、空を飛べと脅しても、あり得ぬ

ことだ」

「そりゃあ、猫に飛べと言っても無理だよね。でも、カラスにニャアと鳴かせることはできるよ」

「え？」

「カラスってのは、教えるとしゃべるんだよ」

「カラスが……？」

それは初耳だった。

南蛮から来たインコという鳥がしゃべるのは、息子の洋蔵から聞いて知っていたが、まさかあのカラスもしゃべるとは……。

「あっしの知り合いが、怪我をしたカラスの子どもを育てたことがあって、餌を与えて、ほら食え、ほら食えって何度も言っているうち、覚えちまって、ほら食えって」

「しゃべったのか？」

「しゃべったんだよ。しかも、そいつにそっくりの声音なんだ」

「仁左も聞いたのか？」

「聞いたよ。ちゃんと、この耳で。しかも、教えると、いろんな言葉を話すんですぜ。カラスってのは、ほんとに賢い生き物なんだね」

「ほう」

「だから、ニャアニャアって鳴き声も教えたやつがいるんだろうね」

「なるほどな」

感心してるところへ、藤村慎三郎がやって来た。

さっそくその話をすると、

「あ」

「どうした、藤村？」

「そっちの家に住む鋳掛屋の銀助ってのは、よくカラスを捕まえてるぜ。あんなもの捕まえて、まさか食うはずねえしと思っていたんだが、そうか、言葉を教えてたんだ」

「銀助というのは、どんなやつだ？　ろくでもないことをしでかしそうか？」

「いやあ、あれは真面目な男だよ。悪いことをするようなやつじゃないと思うね」

四

三人で銀助の家を見に行った。

おやじの代までは漁師だったが、息子の銀助は海が嫌になったとかで、鋳掛屋の商売に鞍替え(くらがえ)したらしい。ただ、家はそのまま住んでいる。母親は、近所の娘のほうに引き取られたらしく、いまは一人暮らししているとのことである。

そっと庭のほうをのぞくと、銀助はカゴに入れたカラスに向かって、餌を与えながら、

「ニャア、ニャア」

と、声をかけている。その声は、まさに夏木が昨夜聞いたカラスの声にそっくりだった。カゴは三つほどあり、それぞれにカラスが入っている。

「悪戯(いたずら)かな?」

と、夏木が藤村に訊いた。

「いやあ、あんな真剣な顔で悪戯はしねえと思うぜ」

「訊いてみようか、当人に?」

仁左衛門はそう言ったが、

「訊いても、本当のことなど言わぬだろうな」

と、夏木は首を振った。

「ああやって、何羽も捕まえちゃ、猫の鳴き声を教え込み、それから飛ばしているわけだよな」

藤村が腕組みして言った。

「うむ。それで、弥兵衛の家の前を飛び、そっちに消えて行ったよ」

夏木は大川の上流、北のほうを指差した。

ここと弥兵衛の家は、あいだに三軒ほど家があるだけである。

「だったら、そこからどこに行くのか、今晩、確かめてみようよ」

と、仁左衛門が言った。


その晩――。

三人は弥兵衛の家から北のほうにあいだを空けて待機した。

すると、カラス猫が飛ぶ少し前に、銀助の怪しげな行為を目撃した。銀助は、弥兵衛の家からさらに四、五軒ほど北に行ったところの、塀に囲まれた家のところへ行くと、その塀のなかに、魚らしきものを数匹、投げ入れたのである。

銀助が家にもどってまもなく、二羽のカラスが飛び立ち、弥兵衛の家の前を飛んで、あの塀に囲まれた家の庭に降りた。

カラスたちは、ニャアニャア言いながら、庭に投げ込まれた魚を漁っている気配である。まもなく戸が開く音がすると同時に、カラスは飛び立った。

塀の向こうで声がした。

「糞っ。化け猫の野郎が！」

五

次の晩も、夏木たちは夜のなかに張り込んでいた。

ただ、今宵はあの塀に囲まれた家だけを見張っている。

同じように暮れ六つ過ぎに銀助が塀のなかに魚を投げ入れ、まもなく銀助の家からカラスが飛んで来て、

「ニャアニャア」

鳴きながら、餌をあさった。

昨夜と違ったのは、

「あ～あ！　もう耐えられねえ！」

喚き声がしたかと思うと、家の戸が開き、男が一人、飛び出して来たことだった。

すると、そこへ棒を突き出した男がいた。

銀助である。銀助はカラスをカゴから放つと、ふたたびこの家の近くに駆けもどって来ていたのだ。

「あっ」

男は足元に突き出された棒に引っかかり、地面に倒れ込んだ。大事そうに抱えていた包みが、ざくっと音を立てて、地面に落ちた。

すると、銀助がそれをすばやく拾いあげ、一目散に駆け出した。

だが、

「そうはいかねえよ」

立ちはだかったのは、北町奉行所の同心である藤村康四郎と長助だった。

今日の朝、藤村慎三郎は、息子の康四郎に、

「近ごろ、大金を奪われ、そのとき猫もいっしょに殺されたという事件はなかった

か？」

と、訊ねていた。

「ありました。ひと月ほど前に、本所緑町で、金貸しをしていた五十がらみの女が襲われ、抱いていた黒猫もいっしょに斬り殺されたんです」

「下手人は？」

「まだです。おいらが担当で追いかけているところです」

「なるほど、それか」

藤村はすぐに合点がいった。

塀に囲まれた家に住んでいたのは、万作といって、銀助同様に鋳掛屋を商売にしていた男だった。

銀助は、その犯行があった晩に、たまたま近くを通り、殺された女の家から万作が出て来るところを目撃していた。

あとで事件のことを聞き、万作が下手人だと気づいた銀助は、しばらく万作のようすを窺った。万作は、鋳掛屋をやめ、深川で悠々自適の隠居暮らしを始めたのだ。

——万作が奪った金を横取りできねえか。

そう考えるうちに思いついたのが、カラスを使った化け猫で万作を脅し、金を持って逃げ出すところを横取りしようという策だった。

留守を狙って忍び込むという手もあったが、万作という男は用心深く、かんたんに金の在りかはわからないと考えたらしい。

縄をかけられた万作が連れて行かれるのを見送った銀助に、

「おめえも今日は縄をかけられずに済んだが、明日あたりは呼び出しがあるぜ」

と、藤村が言った。

「へえ。覚悟してます」

銀助は神妙にうなずいた。

「だが、カラスを使った化け猫で脅すなんて、ずいぶんなことを思いついたものだな」

夏木はなかば感心して言った。

「へえ。あっしもなんであんなことを思いついたのか、不思議なんですよ」

「カラスがしゃべるってことは知ってたんだろ？」

仁左衛門が訊いた。

「いやあ。そんなこと知りませんでしたよ。でも、横取りする方法を考えてたら、カラスが飛んで来て、それで思いついたみたいなんです」

どうも言うことが、夏木たちには釈然としない。

「変な話だな」

「変なんですよ。なんだか、なにかにそそのかされたみたいな気分なんです」

そう言って、銀助は五本の指を丸めるようにして、真っ黒に陽に焼けた自分の顔を何度もこすった。それはまさに、猫がよくやるしぐさそのものだった。

本書は二〇〇八年十一月に二見時代小説文庫から刊行されました。
「夏木権之助の猫日記（七）　空飛ぶ猫」は書き下ろしです。

神奥の山

大江戸定年組

風野真知雄

令和5年 3月25日 初版発行

発行者●山下直久

発行●株式会社KADOKAWA
〒102-8177 東京都千代田区富士見2-13-3
電話 0570-002-301(ナビダイヤル)

角川文庫 23590

印刷所●株式会社暁印刷
製本所●本間製本株式会社

表紙画●和田三造

●お問い合わせ
https://www.kadokawa.co.jp/ (「お問い合わせ」へお進みください)
※内容によっては、お答えできない場合があります。
※サポートは日本国内のみとさせていただきます。
※Japanese text only

ISBN 978-4-04-111540-4 C0193

◇◇◇

角川文庫発刊に際して

角川源義

第二次世界大戦の敗北は、軍事力の敗北であった以上に、私たちの若い文化力の敗退であった。私たちの文化が戦争に対して如何に無力であり、単なるあだ花に過ぎなかったかを、私たちは身を以て体験し痛感した。西洋近代文化の摂取にとって、明治以後八十年の歳月は決して短かすぎたとは言えない。にもかかわらず、近代文化の伝統を確立し、自由な批判と柔軟な良識に富む文化層として自らを形成することに私たちは失敗して来た。そしてこれは、各層への文化の普及滲透を任務とする出版人の責任でもあった。

一九四五年以来、私たちは再び振出しに戻り、第一歩から踏み出すことを余儀なくされた。これは大きな不幸ではあるが、反面、これまでの混沌・未熟・歪曲の中にあった我が国の文化に秩序と確たる基礎を齎らすためには絶好の機会でもある。角川書店は、このような祖国の文化的危機にあたり、微力をも顧みず再建の礎石たるべき抱負と決意とをもって出発したが、ここに創立以来の念願を果すべく角川文庫を発刊する。これまで刊行されたあらゆる全集叢書文庫類の長所と短所とを検討し、古今東西の不朽の典籍を、良心的編集のもとに、廉価に、そして書架にふさわしい美本として、多くのひとびとに提供しようとする。しかし私たちは徒らに百科全書的な知識のジレッタントを作ることを目的とせず、あくまで祖国の文化に秩序と再建への道を示し、この文庫を角川書店の栄ある事業として、今後永久に継続発展せしめ、学芸と教養との殿堂として大成せんことを期したい。多くの読書子の愛情ある忠言と支持とによって、この希望と抱負とを完遂せしめられんことを願う。

一九四九年五月三日

角川文庫ベストセラー

角川文庫ベストセラー

女が、さむらい
風野真知雄

修行に励むうち、千葉道場の筆頭剣士となっていた長州藩の風変わりな娘・七緒は、縁談の席で強盗殺人事件に遭遇。犯人を倒し、謎の男・猫神を助けたことから、妖刀村正にまつわる陰謀に巻き込まれ……。

女が、さむらい 鯨を一太刀
風野真知雄

徳川家に不吉を成す刀〈村正〉の情報収集のため、店を構えたお庭番の猫神と、それを手伝う女剣士の七緒。ある日、斬られた者がその場では気づかず、帰宅してから死んだという刀〈兼光〉が持ち込まれ……？

女が、さむらい 置きざり国広
風野真知雄

情報収集のための刀剣鑑定屋〈猫神堂〉に持ち込まれた名刀〈国広〉。なんと下駄屋の店先に置き去りにされていたという。高価な刀が何故？　時代の変化が芽吹く江戸で、腕利きお庭番と美しき女剣士が活躍！

女が、さむらい 最後の鑑定
風野真知雄

刀に纏わる事件を推理と剣術で鮮やかに解決してきた猫神と七緒。江戸に降った星をきっかけに幕府と紀州忍軍、薩摩・長州藩が動き出し、2人も刀に導かれるように騒ぎの渦中へ――。驚天動地の完結巻！

沙羅沙羅越え
風野真知雄

戦国時代末期。越中の佐々成政は、家康に、秀吉への徹底抗戦を懇願するため、厳冬期の飛騨山脈越えを決意する。何度でも負けてやる――白い地獄に挑んだ生真面目な武将の生き様とは。中山義秀文学賞受賞作。